U0564204

麋鹿的踪迹

[挪威] 米克杰·芬豪斯 / 著

秦鹏 / 译

重庆出版集团 重庆出版社

图书在版编目（ＣＩＰ）数据

麋鹿的踪迹 / (挪威) 米克杰·芬豪斯著；秦鹏译. —
重庆：重庆出版社，2021.12
（传世动物文学书系 / 刘丙海主编）
ISBN 978-7-229-16162-0

Ⅰ.①麋… Ⅱ.①米…②秦… Ⅲ.①儿童小说 – 长
篇小说 – 挪威 – 现代 Ⅳ.①I533.84

中国版本图书馆CIP数据核字（2021）第234742号

麋鹿的踪迹
MILU DE ZONGJI
[挪威] 米克杰·芬豪斯　著　　秦　鹏　译

责任编辑：周北川
责任校对：杨　婧
封面设计：璞茜设计

 重庆出版集团
重庆出版社　出版

重庆市南岸区南滨路 162 号 1 幢　邮政编码：400061　http://www.cqph.com

三河市金泰源印务有限公司
重庆出版集团图书发行有限公司发行
E-MAIL：fxchu@cqph.com　邮购电话：023-61520646
全国新华书店经销

开本：787mm×1092mm　1/16　印张：9.75　字数：116 千
2022 年 5 月第 1 版　2022 年 5 月第 1 次印刷
ISBN 978-7-229-16162-0
定价：25.00 元

如有印装质量问题，请向本集团图书发行有限公司调换：023-61520678

版权所有　侵权必究

《传世动物文学书系》（100卷本）简介

动物文学资源丰富多彩，被介绍到中国来的外国作品只是其中很小的一部分。到目前为止，图书市场上没有一套成系统、有规模地囊括世界各国动物文学的书系，《传世动物文学书系》就是要把世界各国优秀的动物文学作品，分批次、成系统地介绍给中国的少年儿童读者，让他们对动物文学的多样化有一个全方位、新鲜的了解。本书系计划出版100本。

动物不只是冷漠无情、凶猛好斗，它们也有天真单纯、优雅有趣的一面；我们也能发现它们的灵性与智慧，还可感受到它们友爱的家庭氛围，甚至被它们的自我牺牲精神所震撼。动物的世界是人类世界的缩影，动物的生活和人的现实生活一样，有着悲欢离合的故事，也闪烁着打动人的美德。读每一本书就是在森林里上一堂课，从这些森林课堂里孩子们会懂得许多有关人与自然的道理，明白人和动物不是仇敌，而是平等的灵魂。只有理解、尊重并爱护它们，才不会招致它们的误解，才会得到它们善意的回报。

让我们走向大自然，走进神秘的动物世界，近距离了解与我们同一片蓝天、同一个家园的朋友——动物。

译者序

　　本书是挪威作家米克杰·芬豪斯（Mikkjel Fonhus, 1894-1973）的经典著作，于2016年再译成英文。米克杰·芬豪斯是挪威著名的小说作家，他以自己祖国的森林、山脉和野生动物为题材，继承了查尔斯·G.D.罗伯茨和杰克·伦敦的文学衣钵。他一生写了77本书，但却很少有英文译本。

　　在本书中，故事开篇写道："这是一个关于一只会巫术的麋鹿——劳滕（Rauten）的故事——大家都这么叫它。它仿佛是一个披着兽皮的人。"或许读者们会以为，这是一个充满古老魔法、奇思妙想的故事，其实不然。故事从挪威的雷谷开始，瑞典人高帕（Gaupa）有个人人皆知的外号——"山猫"。他是一名麋鹿猎手，常年和他的狗一起，独自生活在山谷中，偶尔会向他的邻居讲述他家乡的迷人故事，用他的小提琴演奏狂野的曲调。他在山谷中遇到了一头与众不同的麋鹿，那只麋鹿的双眼令他恍惚，仿佛是多年前遇到的公鹿的双眼，也仿佛是多年前猎杀的母鹿的双眼。而正是这双眼睛，为何变成了折磨他多年的梦魇呢？山谷中的居民迷信于男巫的故事，在一位绅士的请求下，高帕踏上了追逐这头麋鹿的旅程，本书就此推向了最为紧张刺激的高潮部分——

四天四夜的追逐。猎捕劳滕变成了高帕病态般的执着，他不眠不休，差点为此丧生。他究竟为何这般执著呢？"站在那里的不是什么平凡的动物，这是一个来自死去世界的鬼魂，一个来自永恒猎场的动物灵魂。"这本书描述的不是一个美好的动物童话，更不是一个充满古老魔法的神话故事，而是一场充满神秘色彩的、紧张刺激、扣人心弦的追逐。让我们在作者生动的文字下与高帕一起，走入山谷之中，紧紧跟随这麋鹿的踪迹，领略这冰天雪地之中的苍凉。

作者米克杰·芬豪斯的文字生动写实，直击人心。他出生于挪威的瓦尔勒斯谷一个家庭农场中，在森林边长大。这里的历史可以追溯到几个世纪以前。因此，他从小就从许多传统的说书人那里听闻了自己民族的民间故事——包括打猎、捕鱼，还有森林里那些野生动物的傲慢和自由。他的成长过程是自由、快乐的，他热爱祖国的风土人情，也热爱大自然中的种种。他开始把自己的感受变成文字，跃然纸上。在这本书中，我们可以看到他优美苍劲的文字，感受北方极度朴素的情感和荒野的浪漫。

目 录
CONTENTS

一

　　这是一个关于一只会巫术的麋鹿——劳滕的故事——大家都这么叫它。它仿佛是一个披着兽皮的人。

　　故事从雷谷开始。雷谷坐落在山脉之间，像是一个巨大的缺口，漫长而平坦，森林的边缘漆黑得令它们看起来就像是黑夜的一部分在其中徘徊。一条河流缓慢地沿着山谷底部流动，在一片浅红色的沙子之间缓慢而小心地流过。它向北延伸，这在挪威是件罕见的事。

　　河岸上有一些沼泽，长着又高又硬的莎草①，天气晴朗无风时，它们就好像竖起的毛。但是阳光明媚微风轻拂时，它们像起伏的丝绸地毯一样来回摆动。有时会出现一个长脖子，接着一只鹤迈

---

　　① 莎草：原产于非洲，又称纸草，为莎草科、莎草属多年生草本植物。莎草植株细长、直立、挺拔。叶片形似禾草，形态多变，呈长杆状的茎部横切面为三角形，线形叶片呈现放射状伸展，长在直立叶柄顶端，如同一把展开的伞骨。花朵长在叶簇的末端，花期在夏季和秋季，能结出褐色的果实。

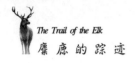
着它平稳的步子，老态龙钟地走过。因为鹤从不去思量自己的过去或未来，那是庸人自扰。现在这些漫长而充实的日子对它来说足够满足了。

有一个古老的山地农场坐落在那里，篱笆全被拆掉了。这片贫瘠的牧场到处都是小灌木丛，房子都破败不堪却从来没有被翻修过。托勒夫山农场的附近曾一度因为熊而深受困扰，以至于人们几乎无法待在那里，这样的事甚至直至今日也经常发生，尤其是在秋天，人们能看到一只熊在山上很远的地方吃浆果。

但是一到了春天，山谷里的所有动物都生气蓬勃的。松鸡伸长脖子，闭上眼睛，对着日出热情地发出嘶嘶声。每个夜晚都是激烈动荡的时刻。翅膀拍打着，爪子撕扯着，一排排淌着口水的牙齿在紫色的月光下互相愤怒地咆哮着。在森林之上，雷山如同白天鹅般耸立着。

二

那是许多年前的一个夏天，在雷谷和斯瓦特山之间的山坡上，曾隐约出现过一头麋鹿和它的幼崽。那幼崽有个奇怪的特征，一只耳朵少了半个。待会儿我会向你们说明是怎么一回事儿。那头幼崽出生在消融之地的一块坚硬的雪地中。在我写这篇文章的时候，它还很小。但过了几个星期的时间，它长出了软骨，变得壮实起来，骨骼间产生了活力，它的体重也越来越大。只要给那头幼崽足够的时间，它一定会长成一头巨大的麋鹿。

就连那些在雷谷里能够踩倒树苗的长着七个犄角的麋鹿，也曾是这样稚嫩的幼崽。

它由妈妈喂养，温热的母乳从妈妈的身体里缓缓流进它的身体里，给了它来到这个世界后的第一次愉悦感。它的意识变得清晰，就像云彩滚滚而去，只留下头顶上的蓝天。光明和黑暗是它获得的关于时间的最初概念。它知道了静止的水是寂静的，流动

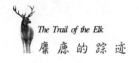

的水又会发出声音，会像又湿又凉的舌头一样舔过它的腿——而当风吹过的时候，树木会像小狐狸一样哀嚎。它还学会了如何分辨鹰和猎鹰的尖叫声，它们像颤抖的树叶一样在天空中盘旋。晚上，数不清的小眼睛在它头顶的天穹上一闪一闪，那些都是星星。即使是在黑暗的树林和沟壑，在貂的、狐狸的身上，在所有日落后出动的动物身上，星星也会闪烁。

仲夏的夜晚为山谷罩上了一层柔软的面纱，而那些在群山中被遗忘了的冰川，闪耀得像点亮了的银色小灯。在吉卜赛湖（Gipsy Pond）的深处，一朵金色的云彩停了下来，像是夜晚的柴堆，是献给和平与孤独之神的祭火；火焰上方，睡莲的叶子像一颗颗巨大的绿色心脏在水面上摇摆。有的时候会有电闪雷鸣，就像天空要被撕裂成碎块一样；暴风雨过后，阳光在雨后满山的植物上闪闪发亮，像被露珠打湿的、闪烁着微光的蜘蛛网罩在山上。

但在秋天的夜晚，大地似乎被包裹在金色的羊毛中，月亮像一只黄色的眼睛从天空中盯着大地。

大约就在这个时候，雷谷里的麋鹿们会变得异常焦躁不安。老公鹿站在风中呼哧呼哧地喘气，可以看出它们转来转去就只是为了寻找一个人留下的新足迹。是什么困扰了它们？它们也不知道。但到处都是人和狗形成的足迹，在某种程度上，恐惧遍布了整个荒无人烟的地区。

男人和他的狗沿着雷河穿过沼泽，那里长满了一丛丛矮桦树，像血红的裂开的伤口一样。男人和他的狗走了一个小时，接着又一个小时。

这个人身材矮小，体格结实，人们叫他"高帕"①。他的胡子又黑又长，长得像毛茸茸的青苔一样。他的眼睛基本和胡须的颜色一样，咄咄逼人又冷酷，仿佛看你一眼就能让你身上感觉到疼痛，而那双眼睛又是那样的小，小到几乎没有的地步。他嘴角左侧的皮肤一直在抽搐——这个毛病从数年前他还是个孩子的时候就开始了，无论他是醒着还是睡着都是这样。

---

① 高帕：Gaupa，即山猫。

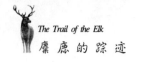

高帕穿着灰色的土布衣服，背心上有银色的扣子。纽扣在阳光下闪闪发光，变成了一个个小而明亮的小太阳。他的肩膀上挂着他的来复枪，他给这把枪取名为"暴风雨"，他牵着的狗又大又黑，毛发蓬乱，它的名字叫"比约恩"[①]。

高帕走起路来和别人不一样，他总是有一半时间都在跑。当道路被一棵倒下的树或类似的东西挡住时，他不会跨过去，而是跳过去。他似乎忙得不可思议，腾不出一点儿多余的时间。无论走到哪里，他都能看到面前的标志。泥沼对他来说是一本书的书页，是动物们自己用蹄子或爪子写的短篇故事。出现一只麋鹿的足迹，但已经有些旧了，因为干燥的天气已经过去了，草也已经重新长直了。比约恩用鼻子闻了闻，仍然无动于衷。

接着男人和狗又走啊走。

当天的傍晚时分，从雷山传来一阵隆隆的响声，又长又重。响声沿着山坡，传来传去，从山坡的一边飘到另一边，直到消失在南边远处的一座阴暗的小山后面。人们可能会认为这是"寂静"本身在"移动"，只为倾听更多的声音。整个山谷里的麋鹿都吓了一跳，抬起了头。这就是那一声枪响时的情况。

温暖的夕阳照耀着西坡上一座松树覆盖的小丘，有苔藓生长的岩石颜色更深。两只麋鹿从森林里跑出来，是一头母鹿和一头小幼崽。一只毛发蓬松的猎鹿犬紧跟其后，湿淋淋的舌头耷拉着。母鹿又开始走了起来，但好像突然想起来没什么可着急的一样，停了下来。它摇晃了一下，差点摔倒，但又恢复了平衡。它身体两侧猛烈地收缩着，每呼吸一次，金色的红云就从它的鼻孔里冒

---

① 比约恩：Bjonn，即熊。

出来，像一场红色的雨落在正在它面前跳跃着的幼崽身上。随着它母亲的呼吸，它的整个后背都染红了。

母鹿就这样站着，开始点头。它的双眼是湿润的，闪亮的，生机勃勃的，像镜子一样映照出它面前的小幼崽的样子——哦，是如此清晰，仿佛它们愿意带着对它的记忆一起去到遥远的大地的阴影中去。

不一会儿，它就倒向了一边，砸倒了一棵年轻的松树，而现在这只动物除了一个树桩外，再没有什么灵魂了，只是一堆没有生命的血肉和骨头。

比约恩追着幼崽，犬吠个不停。过了一会儿，它的声音又响了起来，越来越尖锐，越来越急切。夕阳又一次在松树覆盖的山丘上洒下和平的光辉。苔藓上那一大堆灰色的东西一动也不动。

很快高帕就到了。他把来复枪斜靠在一棵树上，拔出刀来，轻轻地为比约恩吹起口哨抚慰它。

三

现在是晚上，多云。没有一颗星星在雷山上空冷冷地闪烁。高帕站在吉卜赛湖东岸的一间小木屋外，双手沾满鲜血。树梢密密地簇拥在一起，映衬着多云的天空，西边山上不知哪里有条小溪在潺潺作响。

高帕没有戴帽子，他的头发是乌黑的。他把手放在门把手上，刚要进去就突然停住了。寂静的黑暗中是不是有什么声音？他觉得自己听到了什么声音，但无法判断是从哪个方向传来的。是的——就是有声音，现在非常近了。从布莱克山的某个地方传来一种奇怪的动物哭声。不是熊或者狐狸——它更像是人类绝望的呻吟。他后背升起一阵寒意。他一动不动，听着布莱克山再次传来哭声。但是再也没有听到什么，于是男人回了木屋，锁上了门。

但他又立马出来，仔细听着，可还是什么都没有听到，于是又回了木屋。

吉卜赛湖边的木屋舒适而温暖。烧得轰轰作响的炉子吞噬着木柴，从铁炉门上的漏风洞里，一道光偷偷溜了出来，在木墙上变幻着花样。高帕和比约恩并排躺在床上，狗在睡梦中不时地轻吠。

很长一段时间，除了从炉子里传来的满足的低沉的嘀咕声外，什么也听不到。

接着高帕一跃而起，一动不动地坐着。

"又来了。"他想。但很快他清楚地意识到没有动物的哭声可以从布莱克山穿过那些木墙传到他这里。

他明白了是谁发出了那些哭声。是那只妈妈被他杀掉的幼崽。现在可怜的小家伙正在森林里寻找它的妈妈。他听到过太多这样幼崽发出的绝望的叫声，但那天晚上从布莱克山传来的哭声让他不寒而栗。寻常的麋鹿幼崽是不会像那样哀嚎的。

高帕再次躺下。他睡不着了，取而代之的是脑海里浮现了一些奇怪的记忆。

大约十到十二年前，一个精神恍惚的瑞典老头在雷谷游荡。人们叫他雷谷瑞典人。整整两个夏天他都拿着探矿杖和鹤嘴锄在雷谷里游荡，寻找着雷谷的宝藏。根据一个古老的传说，在黑死病暴发的时候，七匹驮着教堂餐盘的驮马穿过山谷。有四个人领着它们。当他们到了托勒夫山区农场旁的沼泽时，瘟疫袭击了他们。他们连把银子埋起来的力气都没有，就倒下死了，嘴上还喃喃叫着圣母玛利亚的名字。

这个宝藏在人们的想象中就像幽灵一样。当初的那些餐盘肯定就在雷谷的某个地方。那个神志不清的瑞典老头一听到这个消

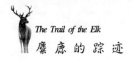

息，就开始在山谷里从头到尾地转来转去。他很勤快地用着他的鹤嘴锄，沼泽上每一处钻孔的痕迹都能够证明他的努力。

这样过了整整一个夏天。冬天的时候，他到下游的山谷里去砍柴，春天的时候，他又在雷谷里不知疲倦地挥舞着他的探矿杖和鹤嘴锄。

人们碰巧经过那条路的时候就会遇到他。有时他饿得筋疲力尽，但吃完人们带来的食物之后，这个瑞典老头就又变得强壮起来，充满了活力。他会把他的鹤嘴锄埋在土里一半，然后挺直他巨大的身躯，说："今天我穷得像教堂里的老鼠。但明天我将和斯德哥尔摩的国王一样富有……我现在对宝藏相当有把握了。"

他的声音从低音开始，一直升到最尖的假声。

有一次，几个小伙子在那个瑞典人挖的坑里放了几个旧炉子的碎片。他找到了那些碎片，第二天，兴高采烈地回到了下游山谷的家。当他明白那些不是真正的宝藏之后，他哭得像个孩子，但他又径直回到了雷谷，接着挖。

雷谷的瑞典人患有癫痫。有时，当他到达避暑山庄的农场时会突然发病。因此，人们想着要么有一天会在偏僻的山谷里发现他的尸体，要么就再也见不到他了。

在疯狂的瑞典人挖掘的第三个夏天，高帕待在吉卜赛湖附近钓鱼。一天晚上，他向北沿着雷河走。几颗星星闪烁着。一座冰川在西边的群山中闪闪发光，又长又窄，像一只展翅的白鸟。高帕沿着河流慢慢地向北走去。

天快亮的时候，他看到一束光从一个松林覆盖的小土堆里射出来，他就去看个究竟。几颗火星飞了起来，在燃烧的圆木发出

三

的红光中，松针是粉红色的。

他听到一个声音，那是铁打在石头上的声音，虽然不是音乐，但却很响亮。他想："这就是那个瑞典人。"

过了一会儿他看到了他。他俯身向着地面，不停地挖着，高帕不禁觉得像极了一只熊在挖它冬眠的洞穴，就像很多年前的一个米迦勒节 ① 之前他看到过的那只一样。高帕走上前，那个瑞典人直起身子，满脸是汗。

高帕跟他打招呼："晚上好。""现在，我很快就要得到宝藏了。"瑞典人喃喃道，"就在这儿，而明天我就会成为一个富有的人，像斯德哥尔摩的国王一样富有。"

然后他给高帕讲了他的故事：前一天晚上，他正坐在山坡上休息，突然看到一道蓝色的灯光，沿着雷河的河岸来到护堤上，他看那道光很长一段时间都是蓝色的微光，像是夏夜的萤火虫。他马上就明白了，那是一个给他的征兆。

他用那根断了的桦木魔杖绕着土堆走了一圈，当高帕走到他正在挖的地方时，似乎有一只看不见的手把魔杖往下拉，魔杖在他手中扭动着，直到像手指一样指向地面。

高帕看见雷谷瑞典人已经挖出了一个小地窖，四周积满了红色的沙土和小圆石。高帕给了老人一些食物，他像饿犬一样狼吞虎咽地吃起来，可他没有时间休息。正如他所说，当太阳升起的时候，雷谷的宝藏会在阳光下闪闪发光，这些宝藏已经几百年没有暴露在阳光下了。

---

① 米迦勒节：纪念天使长米迦勒的节日，西方教会定于 9 月 29 日，东正教会定于 11 月 8 日。其日期恰逢西欧许多地区秋收季节，节日纪念活动十分隆重，尤其在中世纪，许多民间传统习俗都与它有关。

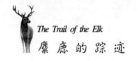

　　高帕站在火堆旁，看着那个瑞典人挖地。他穿着一件旧羊皮衣，上面沾满了干鹿皮般的污垢。他说他永远不会离开雷谷。等他有钱了，他要在布莱克山上修建一座小宫殿，他会坐在那里，喝着美酒，凝视着展现在他面前的大地。

　　然后他站直了身子，鹤嘴锄松松地握在他的右手里，他用左手擦了擦他光秃秃的脑袋上的汗珠，挖土时弄脏的手在头上留下泥土的痕迹。那张长着红胡子的脸露出了半痴半傻的笑容，双目圆睁，眼中所有的敏锐都消失了，变得呆滞起来。接着他说："然后等我一死，我就会变成野兽的模样回到雷谷来。"

　　高帕发现这个瑞典人变得很奇怪，就好像他在倾听什么一样。接着，他发出一声难听的吼声，脸朝下扑倒在地，几乎掉进了火里。

　　高帕闪电般地把他拉开，那个老瑞典人一下子倒在地上。他的手把鹤嘴锄的柄握得太紧了，高帕没法把手扳开，但他成功地将一根棍子塞进了这个发病的人的牙齿之间，免得他咬掉自己的舌头。他的双腿向上弯曲翘起，时不时从喉咙深处传出一声低沉的呻吟，他的嘴里满是泡沫，几乎令他窒息。

　　"他很快就会恢复正常。"高帕想。他以前见过癫痫病人，知道癫痫病发作通常以深度睡眠结束。

　　但是瑞典人睡啊睡啊，高帕却注意到他的呼吸越来越微弱。最后他不得不躺下来抱着他的整个身体，但最后那个瑞典人还是停止了呼吸。他死在了他付出一生去冒险寻找的宝藏旁。然而，他身旁的松木仍然在熊熊燃烧，树脂像有生命一样游动着。

　　那天晚上之后，高帕无法忘掉那位目光呆滞、忧心忡忡的老人说的最后几句话:"变成野兽的模样。"

当夜晚的黑色斗篷遮住整个天空,当树干消失在黑暗中,他看到野兽像有生命的影子一样在林中空地上滑行,然后他听到了声音:"野兽的模样——野兽。"这时不管他多么不愿意,他的心还是忍不住像远处低沉的枪声一样在胸膛里剧烈跳动。

黎明时分,当他等待着凯普凯尔兹的爱情之歌,等待着森林中神秘的钟声响起时,他听到了他从青年时代起就注意到的事情:虽然寂静无声,但似乎有人在某个地方说话,在某个遥远的地方,没有特定的方向,只有远方。

他常常认为那是山神的声音,因为高帕无比虔诚地信奉他们;但自雷谷瑞典人死后,他看到和听到的都是些令人费解的事情,远处的低语声也变成了"野兽,野兽,野兽……"

高帕一直在期待会发生什么事。这种紧张的气氛对他的灵魂来说就像音乐。那天他整夜守在那个死去的瑞典人身边时,他感觉到他的手慢慢变冷,看着他的嘴唇逐渐变蓝,从那以后,黑夜和森林似乎比以前更强烈地吸引着他。"野兽"这个词所暗示着的可能性像冰冷的涓涓细流一样从他的脑子里一闪而过,变成了一种甜蜜的痛苦——"野兽,野兽……"

在森林里,高帕从未体验过恐惧,哪怕是有一次他杀死了一只小熊之后母熊大步朝他冲过来的时候——即使那时他也未曾害怕。在母熊离他还有四步远的时候,他开枪打穿了它的头。所以不难理解,那个雷谷瑞典人的遗言并没有吓着他。

只是他养成了一种奇怪的习惯——当他射杀了一只动物之后,他总是盯着它的眼睛看,这已经变成了一个他想都没想过的

根深蒂固的习惯。自打雷谷瑞典人的尸体被放在马背上驮到城市去以来，已经有十到十二年左右的时间消逝而去，高帕脑海中的记忆已经模糊了。尽管如此，他还是会时不时地回忆起火光中老瑞典人的那张脸，在夕阳下红得像松树干。

那个老瑞典人曾说过他会变成野兽的模样回到雷谷来……他想起了前些时候在低洼山谷北边的一个农场里发生的事情，那是一个农场，远处的草地和光秃秃的山下最高的白桦林交织在一起。

农场主的儿子娶了全山谷中最漂亮的姑娘——啊，她是那么美丽！——但却像冬天的月亮一样苍白纤弱。就像月亮在光明面前消逝，生命也慢慢地从她的身体中消失，啊，就是那样慢慢地。她说如果她死了，她会变成一只小鸟回到她年轻的丈夫身边。后来她确实死了。

第二年夏天，农场里的人们惊讶地发现家禽中有一只山松鸡。一开始它很害羞，每晚都会消失，早上再出现。最后这只鸟变得非常温顺，以至于那个失去了他的少女新娘的小伙子可以把它握在手里。

冬天来临的时候松鸡的羽毛变成雪一样的白色，一天，飞越群山，直向太阳飞去。金灿灿的阳光把它照得迷人，在小伙子看来，它就像一个飞向天堂的白色天使。

高帕第一次听到这个故事的时候吓了一跳：那个女孩信守了她的承诺，那个神志不清的瑞典人也会吗？

后来到了春天，有些事情发生了。一天早晨，大约四点钟的时候，高帕偷偷地穿过雷谷树木繁茂的山坡。表面上的雪曾经融化过一次，后来又冻结成坚硬的冰，承受着他的重量。他靴子外面套着厚袜子，可以让他走起来一点声音都没有，因为松鸡很容易受惊。

东边的天空中有一小团毛茸茸的红色云彩。大量融雪的水从山坡上冲下来，冲过森林覆盖的山，发出一阵狂风般的声音。

这时他听见头顶上有一只乌鸦在叫，他抬头看向天空找那只乌鸦。黑色的鸟会是因为什么大声疾呼的呢？高帕在很多事情上都看到了警告，他知道乌鸦的叫声通常意味着不祥。他想起了一个秋天的夜晚，他在三谷山西边的某个地方用鱼叉捉鳟鱼，月光下他看到这样一只鸟从地上飞起来。高帕走到乌鸦飞出来的那丛小云杉跟前，他发现这里有一具男人的尸骨，尸体旁边放着一个半烂的皮包。这就是那个多年前坚持要翻山越岭去旁边的山谷从事种植业的流浪小贩，他走后就再没人见过他了。

高帕非常相信乌鸦是不祥之鸟的说法。那个吃腐肉的黑鸟这会儿还在叽叽咕咕地说些什么呢？高帕在布莱克山的山坡上轻手轻脚地走着，心中纳闷。乌鸦肯定在森林里看到了什么。"啊！"乌鸦叫道，"啊！"

高帕继续向南走去，一旦听到不属于他脚下的雪的声音就立刻停下来用耳朵仔细听。自从太阳从地平线上升起以来，他就没有一晚上睡过觉。他把一团雪扔到篝火上，一直走到山谷最远处，走进了黑暗中，因为对高帕来说，与明亮的阳光相比，他更喜欢黑暗。他喜欢夜晚。

天快亮了，他有点困了，脑子里一片沉重，对周围的一切都失去了兴趣。但是，当他走到俯瞰着吉卜赛湖的山脊上时，所有的睡意都立刻消失了，因为在他面前，在珍珠般的晨曦中，他看

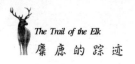

见一头巨大的灰色麋鹿弯下腰来，正在舔舐刚出生的幼崽。他立刻停了下来，但是那头麋鹿似乎认为高帕不过是一种黑如泥土、眼睛和鼻子周围的皮肤都没有毛的动物罢了。恐惧吞噬着母鹿，当高帕靠近它的时候它逃走了。他走向幼崽。小东西湿漉漉的、热乎乎的，在黎明的冷空气中冒着热气，它呼吸困难、不均匀——它才刚刚出生。

高帕看到它的眼睛，吓了一跳，他感到一阵寒意掠过全身，他跪在地上，盯着那只动物的眼睛。那双眼睛并不像其他新生的动物那样空洞没有灵魂。它像是一双人类的眼睛，毫无疑问，它与人类的眼睛极其相似。

乌鸦在他头顶上盘旋着，不停地发出"啊……啊……"的叫声，直到乌鸦向西飞去，那叫声才渐渐消失，那种可怕的声音在黑压压的云层中消失了。

高帕用双手抱着麋鹿幼崽。他感到脉搏在摇晃着它虚弱的身体，它是一头公鹿。他脑海里又一次出现了雷谷瑞典人的幻觉，那惊心动魄的癫痫发作，听到了那可怕的咆哮声，听到了那最后的喘息声——"野兽……野兽……"

高帕摸了摸他的猎刀，把它从鞘里抽出来，朝麋鹿幼崽的左耳上直插过去。然后，他走了，踩得雪发出噼里啪啦的声音。

阳光照到他身后松树覆盖的山脊上，温柔地抚摸着幼崽的头，亲吻着它，希望它重获新生，回到森林里来。

四

　　高帕躺在吉卜赛湖的小屋中，充满了回忆。猎犬静静地躺着睡着了。高帕曾划了根火柴点燃他的烟斗，他的来复枪在一个角落里反射着火光。"暴风雨"那天吼了一声，雷山山坡上就少了一头麋鹿。

　　但是那天早上，当高帕瞄准麋鹿母鹿时，他看到的是麋鹿幼崽的左耳——是之前春天时他处理掉的那只，那头生着一双人类眼睛的麋鹿幼崽。就是它，像布莱克山下的人类一样，发出如此怪异的叫声，比高帕以前听到过的野兽的叫声还要古怪。

　　那天幼崽的足迹也有些奇怪之处。这些足迹的裂口不像麋鹿脚的裂口那样并排排列，它们彼此斜向分布。他觉得他能从一千只麋鹿足迹中分辨出这个来。高帕一生中见过许多麋鹿的足迹，但从来没有见过这样的。

　　木屋里的炉子停止了咕咕哝哝，烟道随着轻微的干裂声冷却

下来。

在木屋外面，一只狐狸停下来闻了闻仍在空气中徘徊的烟味。

山上的小溪不停地潺潺作响。在布莱克山下，一头麋鹿幼崽正在舔舐妈妈的皮肤，那张皮挂在一根拴在两棵树上的杆子上。幼崽不停地用鼻子戳它，但那张皮已经死了，没有生命，里面没有温暖的血液。小麋鹿抬起头，哀怨地、嘶哑地、断断续续地呜咽着。

在吉卜赛湖的木屋里，高帕正要睡觉，突然又清醒过来。小屋像坟墓一样寂静，但寂静中慢慢充满了高帕熟悉的那种无法解释的低语。仿佛有幽灵在他周围窃窃私语："野兽，野兽，野兽。"

五

第二天高帕向北而去，走向人们所居住的低洼谷。他们尽其所能地在生活中挣扎，当他们死后，他们会被带到由古老的柏油木制成的教堂，低沉的钟声召唤他们回归土地。

高帕的家是一间木屋，坐落在石头覆盖着长着白桦林的山脊上，山脊一直伸入河中。这座小屋离水边很近，如果春天的洪水涨得特别高的话，水几乎可以碰到它的墙。

高帕和比约恩独自住在这里。高帕是个坚定的老单身汉，五十多岁了。他的生命已经到了黄昏，女人和爱情对他来说从来就没有任何意义。从来没有人听见他因为一条衬裙的价格而叹息过。

他的真名是舍尔，他从山谷北边一个叫雷纳的农场主那里来。他年轻时父母就去世了。舍尔不适合做农场主，所以他在河边为自己盖了一间小屋，直到今天这座小屋还伫立在这儿。

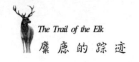

人们觉得舍尔以鞋匠为生计，他能熟练使用锥和线。可是如果你把鞋给了他之后他永远也修补不完，又有什么用呢？如果你在秋收土豆的时候把鞋子留给他，你就别想指望着在来年春天听到杜鹃的叫声之前把它们取回来。因此，工作越来越少了，只有天知道他靠什么生活。高帕在有食物的时候会像狗一样狼吞虎咽，在食物匮乏的时候也会像狗一样挨饿。

人们因为他奇怪的习性给他起了个外号，叫"山猫"。他白天睡觉，到了晚上就起来了，像一只野生的野兽——事实上就像是一只山猫。

当山谷里的人们锁上门，吹灭蜡烛，钻进羊皮袋里时，高帕小屋的灯光一如既往地明亮。他经常在半夜偷偷溜进森林，直到天亮才回来，那时他就会爬进他的小屋，躺下睡觉，就像一只野兽狩猎归来后钻进它的巢穴里一样。高帕的确是个奇怪的人。

山谷里有个老校长，他从一个农场转到另一个农场，在每个地方教学一段时间。他戴着眼镜，非常博学，在葬礼上，他总是唱着颂歌把尸体送出家门。他是山谷的神谕。他洞晓一切，他可以告诉你为什么高帕白天睡觉，晚上出去。

他常说，有两种人，一种是白天出生的，另一种是晚上出生的。那些晚上出生的人常常对黑暗有一种莫名的渴望。"瞧，"他会补充说，"看那住在山猫木屋里的奇怪的人。他就是晚上出生的，所以总是避开白天。"

校长说得很对。对高帕来说，阳光不是温暖的，而是冰冷的，而月光就不同了。月光下，森林里的影子像死去的动物的影子一样移动着，是一种平稳的移动，很难被人注意到，但又不会让人忽视掉。这时，高帕会觉得自己好像是在一个毛茸茸的鞋底上面偷东西。他的周围充斥着一种那么令人愉快的、令人激动的、寂静无声的不安！在一堆堆岩石和树木繁茂的灌木林中，仿佛有一双双看不见的眼睛注视着他，在那深处，柔软的爪子在苔藓上踏来踏去，强健的身体蜷伏着，整个灌木林好似一个令人着迷的秘密。他周围的空气中萦绕着魔幻的音乐，柔和低沉的旋律，他似乎能听到天空中闪烁的星星正在燃烧发出沉闷的声响。

每当夜晚，比约恩一般都会陪着他。下面我们说说比约恩是怎么来到这个山猫木屋的。那是一个冬天，一个来自低洼山谷的农民带着一车黄油和腌制的鱼向平原行进。当他离开赫内福斯镇回来的时候，发现有一条大猎鹿犬跟在他后面。它是深色的，灰色的头，灰色的腿。那个人穿着他的黑色羊皮大衣继续赶路，他的老马拉着雪橇，而这条狗就跟着他。

但到了第二天晚上，这条狗不见了。一个星期后，同样的动物，变得瘦骨嶙峋皮包骨的样子，爬到了山猫木屋。高帕给了它食物，狗就留在了那里。没有人过问关于它的事，高帕就给它起名叫比约恩。

快到春天，四月的时候，高帕和狗碰巧在雷山下的积雪上看到一个巨大的脚印。比约恩一看到就变得疯狂起来，而站在足迹那一头的那头雄性麋鹿，对于像比约恩这样一个小动物的凶猛追逐毫无准备。它踏穿积雪上结的一层薄而硬的表面脆壳，陷进一个雪坑里，但是比约恩还在上面。三天后，高帕把鹿肉带回家，谁也不让碰。

从那天起高帕变成了山谷里最厉害的猎鹿人。高帕和他的狗

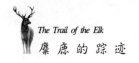

的精彩故事在这片地区广为流传。只要他俩发现了一串脚印，他们就决不放弃。他们在他们发现的足迹旁吃饭，休息，甚至睡下。他们跟着足迹从一个地平线到另一个地平线，从一个村庄到另一个村庄，直到最后麋鹿躺下死了为止。

高帕和比约恩就像人们称呼他们为动物一样，野性而凶猛。有人对高帕说："你这样疯狂的追逐会杀死你自己的。"可当高帕一如既往地狂奔时，这些先知生病、死去。

他是一个讲故事的能手，也是一个在舞会上受人欢迎的音乐家。只要他拉起那架雕刻着恶魔的头和犄角的小提琴，喝一点白兰地，两片胡子拉碴的唇瓣里就会滔滔不绝地讲出故事来。那些故事像泉水一样取之不尽用之不竭，只要是他讲出来的都有一种迷人的神秘感。

一天晚上，他在一个舞会上讲述着雷谷瑞典人和来自布莱克山的麋鹿幼崽的故事——就是在两周前被他杀死的那头母鹿的幼崽，讲着他后来听到的难听的哭号，而他说话的时候，全场寂静无声，年轻的姑娘们都在颤抖。

几天以后，这些事情成了山谷里的谈资。这样的故事在人们中间就像面团发酵一样，越长越大。古老的传说，古老的迷信，甚至上帝的圣言都被加了进来。因为在那些日子里，低洼山谷的人们除了在他们眼前的山脊范围内实际发生的事情之外，没有什么别的可谈论的。国王可能死在遥远的大千世界里——而这对他们来说是一件无关紧要的事情，和冷山上一个农夫死了一头六周大的小猪没什么区别。

因此，当高帕讲述布莱克山麋鹿幼崽的故事时，雷谷瑞典人以一种从坟墓中复活的方式说话，就一点也不足为奇了。

突然，大家都想起了许多关于他的事情。雷谷瑞典人不是一个真正的信徒，他没有用基督信徒的心谦卑地接纳主的教导。《圣经》上说，人死后，不是进天堂就是下地狱。低洼山谷里的人都坚信着他们都会按照这个规则从山谷里直接上天堂——如果我们从他们的葬礼布道中来判断的话，是这样的。

但是老瑞典人相信死后可能会发生很多事，他甚至相信死后也可以回到这里来——变成野兽回来！

校长解释说，这是另一种宗教所传授的信仰；但是人们对其他的宗教毫不关心。雷谷瑞典人是一个嘲笑者，一个思想自由的人；他走到哪里，一股冷风就跟到哪里。马丁·奥默鲁德回忆说，当他走进那个停放雷谷瑞典人的尸体的谷仓时，一只黑色的大鸟从他的头上飞了起来。"上帝保佑！"人们喊道。

他们就这样闲谈，89岁的老太太，戴着眼镜，膝上放着《圣经》，声音颤抖着大声地说道："耶和华不容亵慢人。"这老瑞典人就是个活生生的见证神谕真实性的例子。作为对他所犯的罪以及对上帝的嘲弄的惩罚，他那躁动不安的灵魂现在注定要被囚禁在动物体内，在雷山上游荡。而当这个老罪人死去的时候，当他再一次站在雷河边的松树丛中死去的时候，上帝便会怜悯这个可怜的灵魂了。

六

很多年过去了。

在南边的吉卜赛湖和北边的洛威尔山谷之间的荒野里，有一只会巫术的麋鹿在游荡——没有哪条狗、哪个神射手能够征服它。

谷底山民们都叫它劳滕，可没有人知道为什么这么叫它。这样的名字随着北风飘来，没有出处。也许这个名字流传下来是因为当它还是一头幼崽的时候，它就会哞哞叫了，因为整个世界就像秋天傍晚的牛群。

它在群山中游荡，不像是一只尘世间的普通麋鹿，而像一个半身半灵的人。铅弹伤不了它。它很少被人看见。

在交配季节，黎明和黄昏时分，有时森林会听到它的求偶声。这声音听起来更像人类的声音，而不是动物的声音，这让林木工人们意识到他们终究还算是有胆量的。

有时他们能碰巧看到它的足迹，不像其他的所有的麋鹿足迹那样。它脚趾的裂缝朝外，就像一个人的脚尖向外行走。雷谷瑞典人也曾这样脚趾朝外走路。当它沿着大路向北走的时候，一只脚指着东边，另一只脚指着西边。

身材修长的男人跟着劳滕的足迹大踏步地走了好几里路，但从未走到足迹的尽头。狗曾追着它而去，结果一瘸一拐地呻吟着回来。

有一个长着黑胡子的男人，人们管他叫高帕。他和他的狗比约恩曾跟着麋鹿的足迹从一处地平线跑到另一处地平线，从一个村庄跑到另一个村庄。但是，每当他们碰巧看到一处脚趾缝朝外的麋鹿足迹时，他们就会转身离去。追逐灵魂就像追逐影子。

转眼，很多年过去了。

七

在雷谷边缘附近的伯格山上，一头公鹿一动不动地站在那里。

黎明时分，光明和黑暗交织在一起，野兽轻柔地舔舐整理着它的毛发，转着圈地踏了几步，然后趴下来合上眼皮。每个二十四小时中都有几个小时是生死相拥的，而这几个小时马上就要结束了。土地上到处都是一滴滴血，像一朵朵湿漉漉的红色花朵，还有一堆松散的羽毛，似乎是在讲述那只鸟儿是在哪里褪下了羽毛；只有那只鸟儿不再需要羽毛了。

那头公鹿仍站在伯格山上一动也不动。晨曦像一个黄澄澄的湖，淹没了东方的天空，在这样的晨曦中它的头显得格外突出。它的鹿角像稚嫩的灌木，两根鹿角之间有一颗垂死的星星闪烁着银白色的光芒。

站在这里的不是一个平凡的、终有一死的动物，而是一个亡灵，是从永恒的狩猎场上诞生的动物的魂魄。

天越来越亮了，麋鹿仍站在那里。一层灰蒙蒙的晨曦笼罩在松树树干上，朝东望去。阳光透过松针就像透过筛子一样。鸟儿啁啾了一会儿，然后又沉默了，就像一出生就死去的生命。

然后那麋鹿慢慢地把头从西转到北。在它那微微弯曲的鼻子里，有着林木葱郁的山谷的梦幻忧郁。它的鼻孔不停地工作着，

扩张着，收缩着，早晨的冷空气在鼻子里进进出出。它的眼睛大而清明。异性的召唤在它强壮的身体里燃烧着——对交配的召唤以永恒不变的节奏一次又一次、一代又一代地传递着。

那只麋鹿的一只耳朵只剩一半。它就是劳滕，是山谷间最大、最野性的麋鹿。交配的季节到了，在这个季节里，公鹿寻找母鹿，母鹿寻找

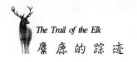

公鹿，这时的公鹿会彼此愤怒地四目相对，为母鹿而战，鹿角与鹿角会以有力的碰撞打破森林的寂静。

劳滕闻了闻，侧耳细听。它的鼻孔里闻到了腐烂的树叶和沼泽湿地的气味。此时已是深秋，春天所创造的生命即将回归大地。从北方吹来的微风吹进了它的鼻子，却闻不到雌性的气味。它还是老样子，不时地竖起一只耳朵，前后听听，但听不到有任何活物的喉咙发出声音。

然后它抬起头，张开嘴，发出求偶的叫声，那是一种深沉的鼻音，飘过沼泽地，又消失了。

劳滕再次倾听。西面山坡的阴影较浅，但山谷和溪谷却仍是一片漆黑。

然后它转身沿着山脊向北走去，迈着大步，飞快地跑过地面。一脚溅起马蹄印中的积水，另一只脚踩碎了一棵小云杉，这棵小树已经在浅层土壤里发芽很久了，以后或许能长成一棵大树。

劳滕知道附近住着一头母鹿。它跑了一大段路来找她（为了便于区别，母鹿用"她"指代），很快一种奇怪的气味扑鼻而来——一种烧焦的刺鼻气味，让人想起交配时的公山羊。

劳滕继续往前走，直到它发现了一个长满黄色桦树的沼泽地。在附近的一个小山顶上，土里被挖了一个小洞——能看出来刚挖不久，因为里面那几根被撕碎的树根断了的地方还显得新鲜而洁白，不像是已经暴露了一段时间后那样呈棕色。

这个洞是被为交配而疯狂的麋鹿挖出来的，从中散发出强烈的气味。洞口似乎在呼出那股气味，那气味中就有劳滕的味道。

它嗅了嗅地面，没有母鹿的味道，然后它在一棵小云杉上蹭了蹭身子。

突然，一头长着一双温柔双眼的母麋鹿来到了下面的沼泽地，两只动物都一动不动地站了一会儿，抬起头互相打量着。劳滕觉得自己轻飘飘的，它跑了——不，它飘向她。激情在它心中沸腾。它绕着她跑，那头害羞的母鹿，耳朵低垂着，眼睛里充满了耐心和期待。

然后，劳滕向它敞开了心扉。它遵循着万能的自然法则，就是这法则令松鸡①和它的咯咯叫的雌鸡失去意识——这可是勇敢的松鸡——对，这法则甚至令偷走了天空的蓝色小银莲花，从柔软的小雄蕊中播撒出新的生命。

刹那间，沼泽地里一片寂静，只是不时有麋鹿踩断树枝的断裂声。

然后另一头麋鹿出现了。那是一头长着细长的小角的三岁的小幼崽。它看到它面前的两头鹿，吓得跳了起来。大自然的力量也在它身上起了作用。它年轻的身体里充满了力量，每一块肌肉都迫不及待地颤抖着，渴望着一场比赛。因为那头和劳滕在一起的母鹿是属于它的，只属于它一个人。昨天她还和它在一起，她是它的，是它自己的。三岁的孩子睁大了眼睛，怒目而视，它的肩胛骨像刷子一样竖起来。它一定要打败劳滕，劳滕必须得死。

两头公麋鹿就在伯格山上相互对峙着，像两根蓄势待发的弹簧。四目相对，眼中充满了疯狂，四只鹿角，那角预示着死亡。

劳滕就像一个突然从恍惚中惊醒的人。它抖了一下身子，完

---

① 松鸡：即北欧雷鸟，雷鸟属的松鸡。栖息在北极和北半球的高山地区，有覆有羽毛的腿和爪，全身羽毛在夏天是棕色或灰色的，在冬天是白色的。

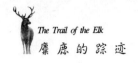

全清醒了，因为那头躲在一棵弯曲的云杉后面好奇地窥视着它们的母鹿是它的。它已经征服了她，它和她一起飘过金色的阳光照耀下的薄雾；她是它的，只能是它的。必须征服那头年轻的鹿，年轻的鹿必须得死。

第一声战斗的嚎叫响起来了，那是一个燃烧着的野蛮人发出的嘶哑的呼喊声"呀！呀！"。

年轻的麋鹿抬起上半身，一只蹄子抛向空中，在松林上画出一道黑色的线，然后落下。

"咔！"这声音既柔和又坚定。劳滕感到一只耳朵下面有一种剧烈的灼烧感，脑子里有一小团薄雾，过了一会儿，一切又都清楚了。

就在那一刹那，那头年轻麋鹿的另一只蹄子踢到了它的脖子上。它的毛发和皮肤都被剥落了，鹿蹄踢过的地方都像被火烧了一般，然后……

它站在那里，几乎发狂，像一团雷雨云，像一场暴风雨。它转过头去，慢慢地，带着威胁的目光。它们不再是棕色的，而是白色的。仿佛它那庞大身躯里的一切疯狂都集中在它的眼睛里，使它的眼睛变成白色。劳滕和它身旁的那棵年轻的松树一样高，它的嘴巴张着，呼吸急促，舌头伸出来，又长又湿，淌着口水。随后劳滕反击了。它的前腿不再是属于一具躯体的皮肤、骨头和肌肉，它们是影子、魂魄、幽灵，是血腥和毁灭的不祥预兆。电闪雷鸣，暴风雨已经开始了，三岁的幼鹿就在那里等着暴风雨的来临。但愿大自然的上帝怜悯它的身体！

太阳还没有升起，仍然躲在某处的山后休息。但当劳滕踢到它的同时，三岁的鹿看到了太阳，但是不止一个，而是很多太阳，一群太阳。它们在它的脑海里跳舞，就像色彩斑斓的闪闪发光的圆盘。它们像萤火虫一样发出绿光，像青蝇一样散发着金属的光泽，像秋收季节的月亮一样呈现出铜红色。

在第一脚落下之后另一脚紧接着落下。它击中年轻麋鹿一只眼睛的上方。天空的挂毯又一次在年轻麋鹿的眼前袅袅升起。那时没有太阳，只有星星——那么多星星，像草地上的露珠一样多，像春天的雪一样闪闪发光！它们在它的脑袋里又蹦又跳，疯狂地旋转着。

突然地，它们都消失了，所有的，都像雾一样消失了，然后它看见太阳正在东方的群山后面用血红的眼睛偷偷窥视着。

三岁的孩子倒着退了回去，因为这太突然了。它好似袭击了一堵非常坚硬的石墙。但劳滕紧咬着不放，它步步紧逼，从灼热的峡谷和散发着臭气的身体里又发出了战斗的嘶嚎："呀！呀！"

它们的鹿角互相缠绕在一起，鼻子碰到了地面；公鹿呻吟着，好像要摆脱什么东西一样。它们后腿的肌肉哆嗦着，颤抖着，愤怒使它们鬃毛上的每一根头发都活跃起来，它们粗短的尾巴愤怒地竖起来。两个尖利的背影像怪物一样指向天空。它们身上的每一根纤维都绷紧了，肌肉像虫子一样蠕动着，炽热的血液有节奏地在血管里沸腾。

它们的鹿角仍在激烈的竞争中交错着。年轻的鹿角是苍白发灰的，而劳滕的是褐色的、湿润饱满的，像冰磨过的岩石一样排列着，好像有未知的手在那角上写下了奇怪的咒语。它们捶打碰撞着，蹄子把苔藓割出了许多裂口，露水像泪珠一样从莎草上滴

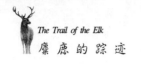

了下来，更有力的那一方走过的地方出现黑色的脚印。而三岁大的不住地向后倒退。

它们松开了彼此的鹿角，抬起身体，腿又一次变成了转瞬即逝的影子。划过空气的声音听起来像是有人用棍子抽打羊皮，它们的喉咙里逸出嘶哑的低吼，毛发像纷飞的雪一样在空中飞舞。

母鹿看着它们，有点茫然，轻轻点着头好像在表示同意，因为那是她乐意看到的。两只公鹿之间的紧张气氛侵袭着她；她再也不能保持冷静了，她向前一跃，停了下来，跺了跺脚，由于极度兴奋，她还一度大声地叫了起来。它们是为她而战，为了她，它们尖利的蹄子使它们的身体因热血而涨得通红。

劳滕肩膀之上的红玫瑰（即伤口）又长大了些，变成了又长又窄的叶子，不断变化着形状，但颜色一直不变。而那三岁大的鹿身上则戴着许多红玫瑰，它们很容易就从它那年轻易碎的身体上长出来。

然而，母鹿的同情都是为了劳滕。它更强壮，她也想要更强壮的伴侣。因为即便在它们交配之后好一阵，她仍然感到美妙的眩晕。

劳滕的疯狂之处在于战争激昂的时候，它的肌肉时而紧张，时而放松，并在有节奏的动作中发出狂野如歌的响声。

两头公鹿现在都开始感到了压力。它们的嘴冒出白沫，变白，它们的头很沉重，但它们的臀部却像灌木一样直立着。劳滕的眼睛里闪烁着狂怒的疯狂，仿佛它想充分利用这个机会，把它在漫长的一年里积累起来的多余的精力全部消耗掉。

沼泽里的几棵小灌木似乎要跳起来观看这场打斗。树梢一个接一个地伸长脖子，瞪着眼睛。草地上飞起了火花，那是夜间的凉气留在草间的露珠。

母鹿又兴奋地叫了起来。一只啄木鸟坐在一棵干燥中空的云杉树上，它绿得像小溪里黏糊糊的石头。它转过头去，惊讶地瞪大眼睛，听着这嘈杂的吵闹声，然后它的尖嘴再一次敲在木头上。"额！"空心树干说。

劳滕的皮毛被汗水打湿了，在它的肚子下面的两肋上，热汗如沸腾般形成一个个泡沫，就像狂奔的马那样。它的肌肉还在唱着疯狂的歌。而那头三岁的公鹿早已晕头转向，它又一次看到许多太阳和星星，然后跟哏跄跄地退到沼泽边跪了下去，但又立刻站了起来。它战斗过但失败了，它变成了森林里的一只小野兽。它是在让步，但是在不得已之前，它不想转身逃跑。

在沼泽的边缘，发生了意想不到的事情。那里有一座小山，一个高高的树桩紧挨着一棵云杉。那树桩和一只麋鹿差不多高，看上去就像一场暴风雨刮倒了一棵云杉。年轻的公鹿向树桩后退了几步，劳滕没有发出任何警告就把鹿角伸到它身下。然后它努力做出了一个在伯格山的森林中不会被很快遗忘的举动。三岁大的鹿最终被顶了起来，用后腿站立了一秒钟之后就被推倒在地，仰卧在高高的树桩和旁边的云杉树之间，被牢牢地夹在中间，就像被虎钳夹着一样。

劳滕抬起头站在那里，望着它那无助的敌人的腿在空中无力地挣扎。劳滕想再用鹿角，给予致命一击，可它够不着。年轻公鹿的腿就像风车一样来回踢着，被它踢到一下都很疼。劳滕在那里待了很长时间，小家伙仰面躺着，嘴巴张得大大的，冒着

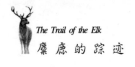

热气。

这时母鹿走到它身边，劳滕走过去迎接她。它内心的风暴平静下来了。因为母鹿开始舔它，她的舌头很软，非常温柔。劳滕的肩膀像日出一样发着红光，温热的血从脖子上淌下来流到潮湿的土地上。母鹿的每一次舔舐都是一种奖赏，是对它卑微的赞美——它是山谷或者说是群山中最伟大、最强壮的麋鹿，是雷谷中的麋鹿之王。在它面前什么也站不稳。它把面前的一切像推倒丛林的树木一样摧毁。它和母鹿一起小跑着向南而去，穿过伯格山，尽管它的一只耳朵只有半只，它的身体流着血，可它就好像是胜利本身一样。麋鹿在新升起的斜阳的光线下前进，留下深灰色的痕迹，而在它们的腿周围，白头草像白色的肥鸟一样晃动着。

另一边三岁大的那只整个早上都被夹在树桩和树干之间，背朝下躺着。

它没有办法再出去了。空间太窄了，它转不了身，在空无一物的空中它的腿什么也抓不住，直到它变得虚弱起来才停止徒劳无功地扭动。然后它静静地躺着，双膝朝天，就好像在向太阳祈求帮助一样。它的舌头软绵绵地从嘴角伸出，而太阳无情地炙烤着它的脸。就这样，它闭上了眼睛。

八

当天下午，比约恩正从山猫木屋沿着一条麋鹿足迹向南，穿过雷谷。

比约恩跑得很快，鼻子朝地。它穿过宽阔的沼泽和小泥沼，那里矮小的松树向山脊和山谷延伸着，最后它走向了伯格山。

在那里，它的嚎叫变得异常兴奋。高帕在再往北半里的地方，不到一个小时就赶上了那只狗。他径直朝那只无助的麋鹿走去，麋鹿的腿还在空中乱抓。他瞄准了，扣动了扳机，接着公麋鹿就再也不动了。

"嗯——"高帕想。

"那是一头公麋鹿，"他若有所思地说，"不过它的姿势可真奇怪啊！它怎么会碰巧躺在那个树桩和云杉树之间呢？真是令人费解。"

他仔细观察了一下这片沼泽，捡起一些毛发，一簇是深色的，

另一簇是浅色的。整个沼泽看上去就像有人在用犁耙从一头犁到另一头，从一边犁到另一边，纵横交错地犁着。

"嗯。"高帕再次若有所思地说。天啊，这是一场多么激烈的战斗啊！他四处走动，研究这个足迹。他用眼睛检查着土地。有两头公鹿来过这里。一头被卡在了这个山坡上，然后被他用自己的"暴风雨"吹走了生命。但是另一头公鹿更大——毫无疑问，当然，那是会巫术的麋鹿劳滕。那裂开的向外的足迹和一般的公鹿一样，外缘是弯曲的。

高帕沉思着抬起头。在他的四周，秋天平静的光辉在空气中和大地上燃烧着。山坡上五彩斑驳的，就像山猫的皮毛。

他开始剥去死麋鹿的皮，但由于天色已晚，无法带着杀死麋鹿的消息下到下游山谷，他决定去东边最近的高地农场过夜。

在路上，他想了想劳滕，但他还不至于傻到去追踪它。那纯粹是浪费时间。他不至于蠢到去尝试那件事。因为许多猎人，当他们去追踪会巫术的麋鹿，回来时会带着伤痕累累的、疲惫不堪的狗。

劳滕有自己独特的方式。它很少跑得比狗还快，但它从来没有真正停下来，也从来没有留下足够长的时间让猎人追上它。它会找到并穿过所有现存的湖泊和池塘。如果你的狗不放弃的话，你可能会跟着它好几个小时——这是迟早的事。人们知道，狂热的狗会一直追逐劳滕，直到它们完全迷失方向为止，然后人们会在越过山峡的遥远的地区找到它们。这一带的所有靠森林吃饭的人也一致认为，霉运一直伴随着试图追赶会巫术的麋鹿的人。佩特·克莱瓦伯杰在追赶劳滕时摔断了胳膊，而阿恩·奥伊加德误把自己的狗当成麋鹿射杀了——也是一条好狗，值 100 美元。有一年冬天，一个来自克鲁德舍德郡的人试图用滑雪板滑倒劳滕，结果不仅滑板坏了，他还几乎冻死在雪地里。当他到达托勒夫山的农场时，他太虚弱了，虚弱到甚至无法穿过牧场——他是用四肢爬行过去的，花了整整一个小时，所以大家都清楚他离死亡之门有多近。

所以，高帕是不会去追踪劳滕的。

他向东去找摩尔斯迪人。这座房子坐落在一个从雷谷延伸出来的小山谷里。他一边走，一边感到不安。他的头很重，不时咳嗽；他气喘吁吁地往山上走——他可是一个从来没把爬山放在眼里的人，或者说他是个可以在山坡上奔跑的人。不一会儿，他也开始出汗了。高帕通常是不会无缘无故出汗的。

大概是因为昨天晚上他坐在一座山顶上，太阳落山以后，他觉得特别冷。他刚才跑得很辛苦，所以有点湿。那座山峰光秃秃的，这样的地方总是很冷的。

几年前，高帕得过肺炎。当时，这个地区流行着一种流行病，道路两旁出现许多坟墓，还有许多看起来很悲伤的松树枝。年轻的人们直到仲夏夜才再次跳舞。

当时高帕的病情确实很严重，山谷中的传道者哈拉尔德·厄夫雷约杰，也就是人们所称的大祭司，来到高帕面前，请求他改邪归正。如果不是在这一天他感到病情好转了，而且很快就会好起来，他也许真的会改邪归正了。因此他并不着急，他要等着瞧；后来他彻底康复，而且暂时还走着邪恶的老路。

但从那以后，高帕发现，如果他真的非常努力地跑的话，就

会好像有一根尖锐的针要穿过他的右肺一样。那根针真是讨厌极了。为此他错失了很多次成功狩猎的机会，因为这迫使他在追赶麋鹿时停下来。

他现在又感觉到了那根针，可是，该死的，它肯定马上又要消失了。

黄昏时分，天空变得朦胧，太阳睁不开眼睛，大地一片灰暗。此时，北边的一个湖泊在树木繁茂的山坡下泛着苍白的光。火灭了，湖里只有水。

当太阳照耀的时候，东边山上湿漉漉、光秃秃的岩石也是火热的，它们似乎是落在山峰和森林中的火滴。它们也冷却了。

高帕走向摩尔斯迪人，比约恩走在前面。他肺里的针在灼烧——毫无疑问这真是一件令人讨厌的事。它来得像闪电一样，而且出乎意料地把他整个身体都震了一下；但肯定的是，它会再次消失。

在暮色中，他看到了摩尔斯迪人旁边平坦的牧场，就像是森林的豁口。他走到篱笆前。屋顶刚铺过木瓦，看上去又白又干净。

他寻找门的钥匙，一般都能在墙上的一个洞里找到钥匙，但那天却没有在那里找到。他又找了其他地方，但都没有发现钥匙。

事实上，高帕是个会开锁的人。他还知道怎样小心翼翼地把窗框拆下来，避免留下斧头或刀子的痕迹。对他来说没有一所房子是锁着的，就算是在最糟糕的情况下，他也能从烟囱爬下去。

高帕只是用他那把带鞘的小刀神秘地轻敲了几下，挂锁就被毫不费力地打开了。钩子松开了锁身，似乎在说："请进。"

当高帕在房子后面砍着过夜时要用的柴火，他的斧头发出的回声像子弹一样敲打着他的耳朵。天空阴沉沉的，令人昏昏欲睡。也许会下雨。

他站在炉边切木片生火，脑袋昏昏沉沉的。但是他的意志还控制着这把刀，肥美的松根片①在他的刀下卷曲起来，就像小小的花束。

生起了火，屋里有三个活物——高帕、比约恩和熊熊火焰。高帕坐在炉边的石头上，慢慢地靠近火堆。因为那天晚上太冷了，冷得让人直打哆嗦。滚烫的咖啡帮助他抵御了一点寒冷，在他体内灼热了片刻，但很快他就又打了个寒战。冷风吹过他的脊椎，让他吓了一跳，对着火堆骂了声"该死"。

他把床拉到火炉旁边。这个房间里有两条羊皮地毯，他发现隔壁房间里还有一条。他睡觉时，一条铺在身子下面，两条用来盖着，但即使这样，他还是觉得冷。仿佛他的身体已经不再产生热量了，他由内而外地感觉到寒冷，一阵剧痛刺穿了他的右肋，不管他怎样使劲地搓着自己，那剧痛也不愿离开他。

过了一会儿，他就睡着了，梦见自己在追劳滕，跑得上气不接下气——他能跑得上气不接下气，真是荒唐。一边只有半只耳朵的劳滕站在他面前，用像人类一样深邃的眼睛看着他，而比约恩仍然躺在他旁边舔着它的爪子——多么白痴的狗啊！当高帕开枪时，他看到子弹从枪口弹出来，在空中慢慢地推进，好像时间不算什么似的；当子弹终于到达劳滕的前额时，却像豌豆一样滚了下来，劳滕弯腰捡起并咀嚼，就像你给比约恩一颗糖时它所做的那样……就在那一刻，劳滕变成了一个男人，是雷谷的瑞典人，

---

① 松根片：为松科植物马尾松或其同属植物的幼根或根皮。

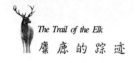

只是他的头上长着两只巨大的麋鹿角。高帕的手摸索着另一颗子弹，但紧接着他就醒来了，已经汗流浃背。

经过一个漫长的夜晚，早晨来临了。高帕想带着麋鹿的消息去低洼山谷。他猛地从床上跳起来，站在地板上。但究竟是怎么回事呢？他的头已经涨得很重了，地板都翘起来了，他不得不伸出一只脚来，免得它把他绊倒。他从来没有过这种感觉！也许他在那儿会生病的！也许他会像婴儿一样无助地躺在床上！"不，"他喃喃地说，"我才不信呢。"

他又坐下来，穿上鞋子。这样好多了，可是他一口吃的也咽不下去。他刚一咬，嘴里的食物立马吐出来了。尽管如此，他还是装好行囊走了出去。

雾像一个巨大的白色波浪吞没了他。他看见的树木像影子一样，而草地上的小谷仓则根本就看不见了。

在比约恩的带领下，他摇摇晃晃地穿过牧场；当他打开篱笆门时，大自然是那么寂静，甚至连最轻微的声响都能令空气中充满声音。

他穿过一条从湖泊分流出的小溪，几条鱼又回到了湖里，它们的背高得几乎是在水面上移动。它们已经在玩耍了，他想，游鱼们正在产鱼卵，快到仲夏节①了。

高帕坐下，拉着拴着比约恩的绳子，想观察一下雾的情况。

高帕觉得自己非常不舒服，因为当时他的身体两侧都感到了一阵剧痛，胸口痛得喘不过气来。他要走整整四个小时才能到低

① 仲夏节：北欧国家的传统节日。每年6月24日前后举行。最初可能为纪念夏至日而设定，北欧改信天主教后，附会为纪念基督教施洗者约翰的生日（6月24日）而设，后来其宗教色彩逐渐消失，成为民间节日。

洼谷，在那之前他可能会遇到一些人。几天前他路过斯潘德湖附近的时候，见过伐木工人们，但即使这样也要再走两个小时；山猫高帕对自己也很不确定，他怀疑自己能否在两个小时内走到那个地方去。

事实上，他开始觉得现在的自己就是那年冬天得了肺炎的自己，一个两条腿都抬不动的无助的人。他时而在这个现实的世界里，时而在那个噩梦般的冬天世界里，那里的一切都乱作一团，乱七八糟。

如果现在他就这样躺在摩尔斯迪和斯潘德湖之间的一棵云杉树下，那可一点也不好玩。没有人知道山猫的习性，那么谁又能找到他呢？与其冒着卧病在云杉树下的风险，还不如爬回他昨晚睡觉的床上。

而后，高帕的行为很奇怪。他像往常一样，戴着一顶棕色的帽子，帽子上有一个很小的尖顶，他已经戴了很多年了。他戴着这么一顶破帽子走来走去似乎挺奇怪的，但其实这并没有什么可奇怪的，因为这是一顶幸运的帽子，它是除了比约恩和"暴风雨"以外高帕最珍爱的东西。可以说，高帕就从来没有不戴这顶帽子到树林里去的时候。帽子已经有了磨损的痕迹，帽顶的正中间有一个圆孔，一直通到帽子的衬里。这是他在树下移动的时候被树枝挂破的。

高帕庄严而认真地脱下他的帽子，就好像他要走进低洼谷的教堂去参加星期天的弥撒一样，而此刻他坐在山中的湖边，摘下帽子，露出黑色的头发，坐在山间的薄雾中。

然后，他把帽子抛向空中，用紧张的目光注视着它的飞行。

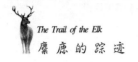
帽子翻了几个筋斗，画出一道弧线，轻轻落在石楠丛上，静静地躺着。高帕轻手轻脚地走过去，非常仔细地观察着帽顶的方向。它指向房子，毫无疑问，高帕知道他要回去。

因为他相信帽子的力量，从来都不觉得有什么理由后悔。很多时候，这顶帽子都显现出了一种能够给人忠告的非凡威力。当他拿不定主意要去哪里找猎物时，就常常把他的帽子扔出去。帽顶指向哪边，他就往哪里去，而麋鹿就会在那里，即使他做梦也想不到会在那里找到它们。这顶帽子就像一条拥有超自然的嗅觉的狗一样。

高帕回到了他的木屋，人们不必为此嘲笑他。像他这样活着的人会看到许多奇怪的事情，甚至有一些讲出来会让人听起来也觉得很奇怪。兽、鸟、鱼，甚至树和草都有奇怪的力量，以后可以把这些都讲给有心去听的人。

在木屋里，高帕给比约恩撕了几口像石头一样硬的老面包吃，然后他钻进了羊皮堆里。

当天晚些时候，天放晴了。大地改头换面，开始微笑，最后的几片雾也魔术般地在空中消失了。

日落时分，山峰之间那只红色的眼睛似乎合上了眼眸。一排长长的阴影爬上了东边的斜坡，它像水闸里的水一样，缓慢而无情地上涨着。夕阳的余晖像一顶红帽子似的笼罩着一座小山。

黄昏降临了，但沼泽周围的黄桦树似乎吸收了阳光，并把阳光留在了沼泽里，因此，即使是在暮色中，银色的桦树也像一片片被遗忘的阳光一样，格外引人注目。牧场四周的篱笆上，一只小鸟在寂静的黄昏中，清脆地唱着歌。

而木屋的周围死气沉沉的。

屋子里，比约恩蜷缩在床脚，鼻子在尾巴下面，耷拉着耳朵。壁炉里黑漆漆的一片死寂，高帕躺在羊皮地毯下，能听到他急促的呼吸声。比约恩曾站起来舔舔高帕毛茸茸的脑袋。接着，便会有一只指甲黑黑的粗糙的手伸出来抚摸它，"可怜的小家伙。"那人低声说。

然后，狗又在床脚处蜷起身子，咕嘟咕嘟地咽了几口口水，而后除了床上吃力的呼吸声外，再没有任何别的声音。

在那座孤零零的山间小屋里，一场无声的战斗正在进行。一具僵硬的身体对抗着某种无形的东西，某种带着无法阻挡的让人恐惧的东西。每年那个时候都没有人到那里去办事。肥料已经撒在牧场上了，他也知道他们不需要伐木，他想不出山谷里的人还需要来这儿做什么了。

他转念想到了比约恩，他觉得比约恩就像一块温暖的垫子铺在他的脚上。比约恩是一只聪明的狗。每当麋鹿逃到很远的地方，狗都会回到他身边，用眼睛和动作告诉他，他就跟着它走到麋鹿躺着的地方。如果它的主人再也起不来了，它还会不会聪明到去

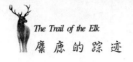

找人过来呢？

即使是在高帕的脑海中，薄暮也要降临了。盖着羊皮太热了，他想把它们扔掉，但他知道这样做太危险了。

有时他睁开眼睛，双眼湿润，仿佛他被感动得流下了眼泪，仿佛他做了一次漫长而艰难的冲刺。他的嘴角不停地抽搐着，也从未停止过抽搐，但那时候他也从未感到过不安。

一道强光在墙上的一只铁锅上闪烁了很长时间。然后黑夜的脸颊凑近窗玻璃，向里望着，于是锅也不再亮了！只有牛棚新盖的屋顶在黑暗中泛白。

九

在九月这样的夜晚，山上的月光就像有魔法一样。

那天晚上，月亮又圆又饱满，像是一个在天空的蓝眼睛中发光的瞳孔。湖面上飘浮着薄雾，群山的轮廓像影子一样模糊不清。西边的雷山好像打开了大门，让藏在里面的金银财宝都显露了出来。小河流像熔化的金属一样沿着陡峭的斜坡蜿蜒而下；在下面很远的地方，它们像雪崩一样冒着泡沫。最后湖水在山谷底部的湖泊中积聚起来，银色的光芒在树木繁茂的山坡下懒洋洋地移动着。一只巨大的动物穿过月光照耀的林间空地。这根本不是一个动物，而是森林和黑夜在睡梦中看到的一个幻影。长长的影子落在林间空地上，一只鹿走过其间。月光温柔而颤抖地抚摸着鹿的背——它的眼睛湿润了。

劳滕像猫一样悄无声息地向前走着，脚下一点声音都没有，折断的树枝也没有发出咔咔的声响。它走起路来好像很小心，生

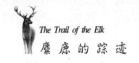

怕惊醒了周围睡着的动物们，可它并不是很成功。在它头顶上的一棵树上睡着一只松鸡，把它的头从翅膀下探了出来，低垂着脖子，抬起无毛的眼睑盯着看；但劳滕已经不见了，于是那只鸟又再次把它的头藏到了翅膀下。

一只野兔跳了起来——它被吓了一跳。

劳滕的鼻子几乎碰到地面，它要寻找一头母麋鹿的气味。因为它今天又单身了。前一天它为之英勇奋战的那头母鹿已经不再需要它了。母鹿和所有雌性动物一样善变。对它来说，劳滕再也不是它的唯一了。

但劳滕会找到其他的伴侣的；为了找到母鹿，它从来没有休息过。它想为所有的母鹿而战，让它遇到的每一头公鹿都感到恐惧，用鹿角把它们打得像柳条一样四肢无力地痛苦地扭动。

它停止了对空气中微弱的动静的嗅探，耳朵急切地捕捉到小溪中传来的微弱的哼哼的瞌睡声；但是除了沼泽地和树林的气味外，没有别的气味。

它迈着大步，默默地朝日出走——这一幕像极了童话故事中的场景。

在山上的木屋里，除了床上吃力的呼吸声外，什么也没有。每隔一段时间，比约恩就会重重地叹一口气，好像它很烦恼似的。然后它会舔几下下巴，接着继续睡觉，而照在地面上的一方月光像是有生命似的在地板上移动。

风的叹息吹过四壁，嘘——嘘——嘘，一点微风从窗户上一块松动的玻璃吹了进来。

狗立刻抬起头，就像一头窝在巢穴里的野兽受到了惊扰。比约恩醒了，而且提高了警惕。它的眼睛发光，鼻孔时而大时而小地收缩。它闻到了那股被风带进木屋的味道。

轻轻的砰的一声，它跳到了地板上，两只前爪搭在窗台上。它那三角形的耳朵因为急切而立起；它看见外面有什么东西，它像生气了似的从喉咙深处吼着。它看到了什么？

突然，它从窗户走到门口，不耐烦地叫了一声，抓门想出去。可它意识到这是徒劳的，于是又冲回窗口，地板在它的重压下呻吟。它又站了起来，前爪放在窗台上，好像很痛苦似的嚎叫着。它看到了什么在外边？

在牧场下面的沼泽地里有一头麋鹿。没有一株灌木能像它一样一动不动。麋鹿似乎是睡着了或者在倾听着什么。它的鹿角似乎在银色的湖面下漂浮着——湖面上满是闪闪发光的银碗，它们轻轻地摇动着。

高帕从床上坐了起来。一定有什么特别的东西让比约恩这么坚持……

从他坐着的地方，可以透过窗户看到外面的世界。在他看来，空气和山峦从来没有像现在这样黄得鲜艳炙热，看起来如此怪异。在他看来，它们似乎是发烧烧得很厉害……

在最远最高的地方，他看到了蓝色的天空，上面布满了星星。在那之下飘浮着一座山，露出了它的背脊，而山坡上笼罩着一层薄雾做的面纱。在山谷的底部，离他更近一点的地方，湖水闪耀着耀眼的光芒，刺痛了他的眼睛；接着，在更近一些的泥沼上，他看到了……他看到——

他用手指揉了揉眼睛，又看了看。

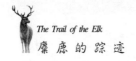

一只麋鹿站在牧场和湖泊之间的泥沼上，睡着了，或者在倾听着。

高帕想知道他是失去知觉了还是出现幻觉了。

他又揉了揉自己的眼皮，觉得自己的胳膊是那么软弱无力。他转过头去，比约恩确实还在那儿哀嚎着、挠着门，所以他还没有发烧严重到烧得糊涂的地步。他的来复枪——"暴风雨"就靠在墙上。它的钢扳机和往常一样闪着光，他看见了他自己亲手刻在枪托上的麋鹿头。这些不可能仅仅是幻想。他已经恢复了理智，就是有一头麋鹿站在沼泽边上。

他扔掉羊皮毯子，下了床，倚在床柱上。他不再是山猫了，不再是肌肉发达的男人了——不再是了，他只是一个失去了力气不知道什么时候就会摇摇欲坠地倒下的东西。他的脑袋一阵阵地疼痛，仿佛有上千只小动物要从他的头颅里钻出来似的。他胸口闷得喘不过气，只能靠喘着粗气呼吸空气……

高帕想穿过地板去拿"暴风雨"，冰冷的钢铁会给他滚烫的手掌带来多么凉爽的触感！

过了一会儿，他走到窗边往外看去。麋鹿一动也不动，一直朝北望着大熊座，大熊座沿着那蔚蓝色的天空不断地奔跑。

接着，高帕把枪口从窗玻璃上直插出去，发出一阵清脆的打碎玻璃的声音，有些碎片落在窗台上，有些落在地板上。

屋里又死一般地寂静。狗笔直地站在那人旁边，竖起耳朵，激动得发抖，等着那一枪。

高帕弯下身子，双膝弯曲，肩膀抵着枪尾。这是多么美妙而刺激的感觉啊！他瞄准了，当他的眼睛看到枪口上的闪光时，一

种平静的超脱似乎击败了高烧，充满了他的全身……

劳滕就站在那里。它在月光下听到了什么？这声音立刻在它的脑子里形成了一幅画面。它看到一个冰柱从悬崖上摔下来，落到下面的冰川上。它被摔得粉碎，它听到它发出刺耳的撞击声……那是窗玻璃被击碎的声音。

在木屋里，高帕瞄准了。他的准星先是瞄准了天上繁星点点的花朵。然后，它越过了众多的星星，一点点向下移动，越过了山坡，绕过了湖，偷偷地沿着沼泽走，摸索着寻找着麋鹿的鹿角，最后终于找到了。它在那儿停顿了一会儿，顺着黑影往下溜，又停了下来，保持不动。

高帕弯了弯食指，而他的眼皮一动也不动，比约恩也是一样。

劳滕一直在侧耳听着冰柱的声音。就在这时，它的左肩一阵剧痛，吓了它一跳，但这种感觉马上就被淹没在了雷鸣般的咆哮声中，这咆哮声打破了夜的寂静。麋鹿伸开四肢在空中拉平，触到地面，又在空中展开。它奔跑时，月光从它的鹿角尖上洒下，它的每次跳跃距离都有它身体的两倍那么长。它在追赶前面的一个疯狂的影子，一直追到森林把影子和它自己一起吞进去。

不一会儿，北边的湖里有什么东西溅起了水花，劳滕开始游动之前的地方的水变成了白色。它游过了小湖，游过了一片银色的光，在远处的岸边上了岸，甩甩水，继续往前跑去。

十

　　高帕又回到床上躺下。木屋充满了令人作呕的硝烟味道，比约恩在窗户和门之间跑来跑去。最后它在门口停了下来，鼻子贴着门缝，仔细嗅着气味。

　　高帕知道那只麋鹿是谁。它长着一双铲状的巨大鹿角，据说劳滕的角就是那样的。这些地区现在很少有麋鹿有铲状的鹿角。毫无疑问，那就是劳滕。铅弹伤不了它，枪声响起来时它就那样在月光下消失了，像是拥有什么魔法似的。

　　过了一会儿，比约恩在门口趴下了。又是一片寂静；但对高帕来说，木屋里不光只有他和比约恩在。一阵风从烟囱里吹了进来，在高帕听来，就像是有什么东西在呼吸。随后寂静被不知从哪儿传来的奇怪低语声填满了。是亡灵到这里的声音吗？那声音听起来就像微弱的耳语，语调总是保持不变，始终是一样的。那低语慢慢变成了："野兽，野兽，野兽……"

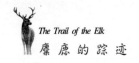

甚至连木屋周围的山丘上都留下了雷谷瑞典人鹤嘴锄的痕迹，深深的探洞里长满了青苔。他是听到了外面有脚步声吗？每隔很长时间就有人偷偷走两步？不，肯定不是。如果真有脚步声，比约恩会狂吠的。

高帕躺在那里闭上了眼睛，回忆起过去几年在低洼山谷里听到的那些奇怪的事情。

一天，利胡萨特（Lyhussater）的放牛少年上气不接下气地跑回家。挤奶女工目瞪口呆地站在那里。马丁·莱胡斯笨拙地骑着他的驮马上山，同时听到了那孩子的胡言乱语。

"一头雄性麋鹿骑在我们的卓普的身上！"他说。

马丁把他的马拴在篱笆上。

"你是怎么了，小伙子？不要到大人这里来说那些小孩子才会信的胡言乱语，你这话既没逻辑也很没意思。"

"但我说的是真的。"男孩坚持说道。马丁发觉男孩跑得脸都有些发紫了。

"我从来没有见过哪头麋鹿有那么大的鹿角。"男孩说。

结果马丁和他一起去了。他们在不远的地方看到了卓普，但是没看到有雄性麋鹿，只是在农夫看来，这头母牛看起来出奇地羞涩。他还发现了麋鹿的足迹，所以显然这孩子说的是实话，而马丁也认出了这足迹就是劳滕的。

现在，挤奶女工也清楚，卓普已经准备好交配了，但是奇怪的是，原本她似乎是不喜欢一头陌生的公鹿碰巧来到这个山区农场附近的。

九个月后，卓普在山谷中莱胡斯家的牛棚里又踢又叫，它无法生下它的小牛。挤奶女工进屋叫醒了马丁·莱胡斯。她的白头巾在牛棚灯的照耀下闪闪发光，头巾的末端垂在下巴下面，像一对长耳朵。她摇了摇头，让农夫最好自己亲自去给小牛接生。"它真的不是小牛犊子那样的动物。它真的不是，因为卓普已经和雷山那个会巫术的野兽交配了。现在它没法顺利产下小牛犊。"

"好吧。"马丁出去了，但不管他怎么努力，费了多少力气，也没能成功接生那头小牛犊子。后来他找到了兽医托列夫·斯科罗。托列夫紧咬牙关，像往常他接生牲口时经常做的那样，他试啊试啊，最后终于，那头小牛躺在了卓普身旁的麦秆上。

但这是一头多么神奇的小牛啊！上天保佑！

它的腿比一般的牛犊长了一半，颜色很深，鼻子像麋鹿的一样长，而且几乎没有尾巴！

挤奶女工穿着脏靴子在棚子里走来走去。

"马丁，"她说，"你看它的眼睛。"

马丁看不出小牛的眼睛里有什么特别的东西。

"你在天亮前尽快把它宰了。"女人说，"我不会养一头长着人类眼睛的畜牲的。"

他们杀了小牛并把它埋了。

"这些愚蠢的女人。"马丁·莱胡斯嗤之以鼻。但他不得不让步，因为他的妻子在这件事上和女佣的意见一致，你知道女人们的手段……

只是事情还没有彻底结束。

卓普产的牛奶有一种奇怪的味道，整个莱胡斯的农场里没有

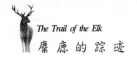
人敢喝。他们只能用它来做奶酪之类的东西，而到了第二年秋天，卓普的皮就倒挂在谷仓的后墙上了。

卓普被杀后的那个夏天还发生了别的事情。发生在莱胡斯山农场，它位于雷谷以西的一个树木繁茂的山谷里，麋鹿在夏天的时候常住在那里。

一天晚上，挤奶女工在森林里看到一个脑袋，那脑袋一半像人一半像麋鹿，就从一棵茂密的云杉树上探出来。除了脑袋以外，她只看见一对巨大的鹿角，除此之外她什么也没看见，一个人都没看到。

那脑袋一动也不动地瞪着她，只是瞪着她。她觉得自己好像置身于冰冷的水里，水没到下巴。她抬头轻声唤着耶稣的名字，然后跑向小屋，一边跑一边喃喃地念着。当她终于安全回到木屋时，她已经快要死了。

"怎么了？出什么事了？"农夫的妻子问。

女仆沉默不语。她坐下来，一句话也没说。

"哎呀，你怎么了？"家庭主妇又问。

"我不敢说。"

"害怕吗？"

"是的，但这更像是对上帝的亵渎。我在格雷山附近看到了一个鹿头。"

安妮·莱胡斯卷起了袖子。她正在用盐腌和揉捏一块黄油。

"你以前没见过鹿头吗？"她问道。

"见过，但是那个鹿头上长着一双像人一样的眼睛；而且最糟糕的是我认得那双眼睛！"

安妮屏住了呼吸。

"认得那双眼睛？"

"那是那个瑞典人的眼睛。如果这是我的临终遗言的话，我发誓那就是雷谷那个瑞典人的眼睛！"

十一

木屋里，月光已经照到了高帕。比约恩跳到床上，嗅着他的头，舔了舔他的头发，摇着尾巴。高帕抚摸着比约恩的头。

"我可怜的小狗。"他低声说。狗在他旁边趴下，但仍抬起了头，透过窗户望着对面的沼泽地。

过了一会儿，床开始翻腾。床好像翻了个面似的，高帕也翻身对着桌子。他觉得那张床好像要把他扔出去、把他甩掉一样，于是他双手紧紧抓住兽皮。他以前从未有过这种感觉。

现在，他又重新躺平了——真是万幸！床平静下来了，但是在那洒满月光的地面上有许许多多的湖泊和小溪！小河的洪流……接着，床又开始倾斜，颠倒过来，高帕紧握双拳，拼命地抓着，汗水甚至都流到了脑袋里。

黎明破晓。高帕闭着眼睛自言自语，星星一颗接一颗地消失了。

劳滕站在通往雷谷的悬崖边上。

它能感觉到牛虻不断地刺痛它的左肩。它嗅了嗅那个地方，却发现了牛虻爬进去的那个洞。在摩尔斯迪那边，惊雷低吼的时候，它的皮肤被那只牛虻咬了一口。多么奇怪的牛虻！

那只牛虻就躺在肩胛骨上靠近骨头的地方。它又硬又厚又平。它曾经住在高帕来复枪的枪管里，在那个十分明亮的夜晚，它飞到了月光下。

又一天开始了。

那人睡在山上的木屋里，一声又一声地大声哭喊，"比约恩！"他喊道，每次狗都爬上床去舔舔那个人的脸。

中午左右起了风，吹得有点厉害。破碎的玻璃哗啦哗啦地响着，气流在屋子里流窜。风从烟囱里吹下来，和屋顶梁下的蜘蛛网纠缠了一会儿，又从窗户里逃了出去。

风刮得很大，一会儿平静下来，又狠狠刮起来，然后再次平静下来，木屋似乎只是在每一阵狂风之间等待着下一阵狂风。

突然，门锁里传来一阵尖锐的声音，比约恩从床上跳下来，汪汪叫着。但是门在铰链上转动着，向着外面的阳光打了一个大大的哈欠。也许是风干的，或者是在预示着有个人的灵魂紧跟在风的后面？几个小时过去了，谁都没有进来，毕竟那风里不可能带着一个幽灵。

又过了一天一夜。

外面，比约恩冲向天空哀嚎着，风拍打着森林，而森林像深绿色的大海一样起伏跌宕。

过了一会儿，狗沿着湖边的小路向东小跑。随着距离越来

远，它变得越来越小。当出现一个下坡或土堆时，它就消失了，不一会儿又潜到水里去，但最后再也没有出现。

于是，高帕独自一人待在山上的小屋里。

不过他感觉根本不在那儿。突然，他像进入了一个陌生的地下通道，在那里他呼吸困难，而且非常狭窄，他几乎不能移动。他平躺着，试图弯曲膝盖，用臀部坐起来，但这个地方太窄了。随后，他试图让自己腹部向下，俯身向前，用尽全力，因为很快那里就没有空气了。天已经半黑了，可他找不到出去的路。这条通道像狐狸的窝一样弯弯曲曲，没有起点，也没有终点。他在疯狂的恐惧中向前爬行，唯恐永远找不到出路。

然后一声枪响突然响起，一切都变为空白。

过了一会儿，他又爬了起来，爬啊爬，想找到一条他看不见的路。

十二

比约恩沿着小路一路小跑到斯潘德湖。它走过的路上，到处都是黄色和棕色的树叶，当它踩到它们时，它们就像细枝间燃着的火一样沙沙作响。

山坡开始陡然向低洼山谷倾斜，一个伐木工人站在一棵醒目的云杉旁。在男人的头顶上方，一块树皮脱落了下来，可以看到光秃秃的树干。树皮就像一条长长的舌头一样垂下来，可以想象，那场景看起来就像是这棵树把舌头伸到了护林人的面前。

但是拿着斧子的伐木工人是不管这些的！"砰！"当闪着光的钢铁从树上砍下一块碎片时，树干闷闷地发出声响。

斧子的敲击声很是均匀地从树林里传来，很有规律，几乎像是树林的脉搏。

比约恩向着西边停了下来，仔细听着。这些声音让它想起了些什么，它想起了高帕在山猫木屋外砍柴的画面，斧头随着他直

起身子被高高举起，又随着他弯腰而落下。比约恩知道斧头的击打和人类的动作是同步的，所以那边的山坡上一定有人在。

不久之后，伐木工人听到他身后的石楠花发出窸窸窣窣的响动。他的斧头还砍在一根树枝的中央，他转过脸来，脸上的胡茬已经蓄了一周。

他看见一只狗站在那儿，摇着尾巴望着他，很清楚地说：

"你好呀。我在看你伐木。"

"那是高帕的猎鹿犬。"伐木工人想，因为大家都认识比约恩，就像大家都认识牧师和州长一样。感谢上帝，比约恩是一个麋鹿猎手，是他为他们的储藏室提供了一排排的鹿肉火腿，让他们的门上挂了一串串的麋鹿角。没错，大家都认识比约恩。

"是你吗，比约恩？"伐木工人轻声说，他放下斧子，走到狗跟前，用一只沾满树脂的手抚摸着它。

但这只狗的表现很奇怪——表现得像一只幼犬似的。它像玩游戏似的跳了下来，又往前跳了一下，然后停下来回头看着伐木工人。它摇了摇尾巴，就像小狗想跟人玩耍时一样。

"你真是只有趣的狗。"伐木工人想。

狗又跳了几下，向后看了看，想叫伐木工人跟着它。但那个伐木工人的脑子哪里想得到那么多，他的脑子里几乎连木料、斧子、猪肉和咖啡这些东西都快装不下了。因此他一点也没明白狗想说什么，于是他又开始伐木。一棵巨大的云杉倒了下来，它是森林里的一个巨人，它站在它的岗位上，像一位忠诚的老兵一样倒了下去。

比约恩就在旁边等着。那人切下一片面包给了它，比约恩狼吞虎咽地吃了下去。它当然想要更多，但伐木工人负担不起，因为一个靠树皮和木头为生的人是不会轻易把好吃的扔到狗嘴里的。

比约恩依旧在旁边等着。它要这个人跟它一起去摩尔斯迪的木屋。它的主人可不能天天一动不动地躺在床上，一直起不来。

"你走吧，去找你的主人吧，"伐木工人说着，挥起一只手赶它，"去找舍尔吧。"

比约恩只是竖起耳朵，没有动。

"傻瓜，"那人说，"真是傻狗。"

傍晚时分，这个人在他们的小屋里遇到了两个同伴。比约恩还和他在一起，他们很快就一致认为它一定是迷路了，只有上帝知道它的主人在哪里。

然后，伐木工人把这只狗刚到的时候的奇怪举动告诉了其他人。其中一个蓄着胡子，年事已高，经验丰富的人若有所思地说：

"该不会是高帕出了什么事吧？"

"当然不是。"第一个人回答，"高帕从来没有出过差错，他总是在最近的一棵树下铺床。毫无疑问，高帕可以把自己照顾得好好的。"

比约恩一直坐在门边不动，可后来又挠门要出去；门开了又关上。猪肉在锅里哗哗作响，一壶咖啡煮沸了，从壶嘴里倾倒出来。

十三

比约恩又向西小跑去。风已经平静下来，在低低的山脊上，上帝点亮了一颗小星星。

不一会儿，比约恩走进了摩尔斯迪的栅栏。

小屋的门已经被打开了，只微微半掩着；一个狭窄的灰色的嘴探进门缝里，比约恩走了进来。床上传来呼吸声。

那只狗跳上床，懒洋洋地爬到被生病的家伙拿来当枕头的那袋干粮跟前。高帕就躺在那里，穿着衣服躺在地上，胡子垂到胸前。

他现在清醒了，清楚地记得他是如何在月光下射杀麋鹿的，但他不知道那是多久以前的事了。时间在他的脑海里模糊不清。任何与麋鹿无关的事他都想不起来了。

比约恩靠过来，把又冷又湿的鼻子放在他的下巴上。他看见门是开着的，还记得他看见了它进来时的那一幕。那时他就想，这条狗迟早会找人来的，而重要的是，它应该带点什么东西给它遇到的人，捎个信。

他思考了一会儿，从背心上解下表链，把它系在狗的项圈上。

现在是早晨还是晚上，黎明还是黄昏？也许都是吧，但过了一会儿，暮色渐浓，天空像是某种柔软的毛茸茸的东西一样，他知道，夜已来临。

射向麋鹿的那一枪是怎么回事来着？

或许他这一枪是打在了野兽身上的什么地方。不过这也不好说，因为毕竟麋鹿被打中了，它也能像往常一样奔跑。或许他击中了腹部，高帕的脑海里清晰地浮现出子弹撕裂肠子的画面，接着肠子里的东西像厚厚的黄油一样流出来。而麋鹿会带着燃烧的火焰奔跑——高帕自己几乎都能感受到那痛苦的感觉。

他对自己的怜悯心感到奇怪——这更像是一个女人才会有的情感，而不是像他自己，他是高帕，他以前从来都不关心他是只打伤了一只麋鹿还是打死了它。但是现在，一种奇怪的柔情侵入了他的全身，一想到腹部若是被打出了一个伤口，他就仿佛能感到疼痛，简直就是肉体上的感同身受。最明显的是，他还能感觉到肺部可能受到了撞击——那麋鹿是不是不能再顺畅地呼吸了，于是不得不大口地喘着气；肺里充满了能让呼吸停止，让视线模糊的东西。这时，鼻子开始滴血了——麋鹿就要窒息了……

高帕想，如果他能活着从山上的木屋里走出去，他就再也不会粗心大意地向动物开枪了。要么他确信他这一枪能一击毙命，要么就干脆不开枪。

整个晚上，他都神志清醒着。

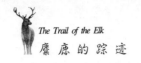

那双眼睛又回到了他的身上，就像他在后来的岁月里那样，他在做梦或半睡半醒的时候不时地看到它们。

大概是在一个夏天的傍晚，黄昏时分，他看到了一片森林。他周围的一切都睡着了，但在一片云杉中间，有什么东西还活着，是两个潮湿的、褐色的、有生命的圆点，并排靠在一起；而在另一个方向上，他也看见了两只眼睛，他认识这些眼睛。它们是多年前被射杀的麋鹿的眼睛，是失去母亲的幼崽的眼睛。这样的眼睛从每棵树和每棵灌木后面望着他：那都是来自黑暗之处的麋鹿的灵魂，它们责备他，控诉他。

一种令人颤抖的恐惧感袭上他的心头，他转过身来，又转过去，怎么也躲不开那死死盯着他的目光。他拼命跑着，腿却像灌了铅似的；可是那些眼睛却到处都是，似乎在跟着他移动，始终直直地瞪着他，瞪得他的灵魂都要发疯了。

另外他注意到有一双眼睛与众不同。那些都是鹿的眼睛，但这双不是。这双眼睛是八年前他在布莱克山的山坡上遇到的那个人的眼睛。高帕停下来，弓着背，双手捂住脸。

十四

第二天，在低洼山谷的鲁斯特（Rust），农场主哈尔斯坦（Halstein）看见了比约恩，这只山猫木屋来的狗一路小跑着来到了农场。狗跑到门前的过道里，用爪子挠门。哈尔斯坦一打开门，发现狗全身都湿透了。它的爪子走过的地板上都留下了又湿又大的爪印。它可能游过了河。

那是什么东西挂在狗的项圈上？

哈尔斯坦解开那根磨损得很厉害的铜链，端详片刻，对妻子说："这条链子是高帕的。我想他一定是发生了什么事。"

哈尔斯坦经常跟着比约恩和他的主人一起进森林，所以那只狗才来找他帮忙。这只狗的行为和前一天它对待伐木工人的行为一模一样，从门口跑到哈尔斯坦跟前，然后又跑回去。

"好啦，好啦，我一定会跟着你的。"哈尔斯坦说着，打起了行囊；他从屋顶的横梁上取下枪。一人一狗迅速穿过草场。到了

河岸时，狗先跳上了船，在河的另一边，他们进入了森林。

然后，一人一狗沿着狭窄的森林小径，走了几个小时，蹚过潺潺的小溪，穿过白桦林。比约恩从来没有停下来踌躇过，脚下的路就像是它的轨道一样，它也从不会走到哈尔斯坦视线以外的地方。

哈尔斯坦一直在想高帕到底出了什么事。也许他出了什么意外，摔断了一条腿……据他所知，一周前高帕就在巴瓦斯山坡上了，从那时起，便杳无音讯。

男人和狗继续往前走，不是往雷谷的方向，而是去往更东边的方向。他们翻过一个山脊，站在那里，双脚踏在土地上，身体在晴空里。然而接着他们又下到一个狭窄的山谷里。摩尔斯迪湖像是山谷间一只巨大的明亮的蓝色眼睛。他们来到一片茂密的灌木丛里，这里长满了生机勃勃的树苗，这是夏季的时候山区的农场附近常有的，然后他们就到达他们的目的地了。他们看到一间屋顶长着褐色苔藓的木屋和一间屋顶新铺过浅色的瓦的牛棚。

哈尔斯坦·鲁斯特在门外停住了。比约恩抢先进了屋，留下门半开着。哈尔斯坦站在阳光下，小屋里面的情况他一点也看不到，在阳光的反衬下，木屋里的光线更加暗了，他就像瞎了一样。他能听到比约恩踩在地板上的脚步声，但没有人的声音。高帕为什么不说话？他一定听见他们俩来了。

他清了清嗓子，用他嵌了铁的鞋后跟狠狠地撞在石头上，发出很大的响声，但屋里还是一点动静都没有。他发现他跟前的地上有一块薄的、破旧的马蹄铁，还有一束去年夏天挤奶女工用来擦洗她的木制牛奶盘的杉木树枝。他犹豫着不愿进去，一阵寒意油然而生，和他准备进入停放着尸体的谷仓和其他边远房屋时的感觉一样……

然后他又清了清嗓子，这一次是非常果断地，仿佛要驱走那种不确定的感觉似的。他迈开长腿，踩着以森林为生的人特有的稳重的步伐，走到门口。门闩咔嗒咔嗒地响着，他走到一张床前，床上躺着一个人。是高帕，高帕还活着。

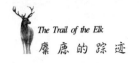
"你好啊，"哈尔斯坦说，他的声音里带着几分惊讶，仿佛他没有料到高帕会在那里。"你在睡觉吗？"他问道。

"我病了。"高帕回答。

不一会儿，炊烟从烟囱里袅袅升起，哈尔斯坦·鲁斯特提着一只木桶来到牧场北边的井边。当他回来的时候，高帕已经准备好了一些东西，当他的同伴不在的时候，这些东西就占据了他的思想。

"你回家后要做的第一件事，"他说，"就是告诉克里斯托弗·霍夫顿，在沼泽山下的小泥沼附近，有一整头麋鹿的肉在等着他。"

哈尔斯坦忍不住笑了。

"那医生呢？难道他就不那么重要了吗？"

就在当天，哈尔斯坦满头大汗地回到低洼山谷，给他那匹灰得像老鼠一样的马套上小马车的挽具，自己戴上他那顶又硬又黑的"最好的"的帽子，驾着马车穿过山谷，向北驶去。也就在那天的晚上，一个男人穿着上浆的亚麻布衣服，戴着一副眼镜，一双又细又白的手驾着马车，正沿着森林小路向摩尔斯迪驶去。月亮挂在天上，像一盏黄色的灯笼照亮了他的路，另外，鲁斯特农场的那个男孩也跟着他。

当他们到达小屋时，听到里面传来一声低沉的犬吠。医生僵硬地从马鞍上下来，很滑稽的是，他按照城里的习惯，在进去之前先敲了敲门。

此后的三个星期里，每天都有烟雾从摩尔斯迪那间小屋的烟囱里袅袅升起。第四周的一天，高帕和比约恩就站在了山猫木屋的门口，高帕的脸色仍是病态的苍白。

　　在离雷谷最远的地方，雷山圆圆的峰顶似乎向前弯曲着，俯视着山谷，劳滕站在一个沼泽地里，仍然感到那只讨厌的牛虻咬了它的肩膀。它的舌头够不着它，只能舔到它在皮肤上钻出的那个洞。直到冬天的阳光照在山顶上，高帕的铅弹被一层薄纸包裹着，它才摆脱了那只牛虻。

十五

　　那年冬天，高帕发生了翻天覆地的改变。

　　他待在家里做鞋，一出门就觉得冷；他的身体似乎已经敞开大门让风和寒冷进来。

　　当春天来临时，他恢复了。他像一棵结实的树，只要伤口被树脂覆盖，树就又完整了。同样的事情也发生在高帕身上。但是毫无疑问的是，他慢慢地变得软弱了。到了第二年秋天，许多旧鞋子都躺在他的床下等待他的修理，但是高帕没有时间去修鞋。他那肌肉结实的短腿在山脊上小跑着，寻找着地平线。

　　那个秋天，无论是他还是其他任何人，都没有得到一点关于劳滕的消息，甚至连会巫术的麋鹿的足迹也没有看到过。它很有可能是去了另外的森林。

　　让我想想——高帕还发生了什么值得记录的事情吗？

　　哦，对，他在禁区射杀了一头麋鹿。如果这件事被公布于众，他将会遭受一大笔罚款；而高帕没有任何东西可以支付罚款，那么这将意味着监禁。因此他做了一件很聪明的事。他把麋鹿的四肢都从膝盖处锯掉，然后从保护区外面开始到麋鹿躺下的地方做了一串漂亮而清晰的足迹。然后他把人叫来，说：

"嘿，它是在这儿的，看，这有脚印。在保护区外面我就打中它了，然后它跑到那儿才倒下。"

嗯，男人们看到了要看的东西。尽管这头麋鹿躺在了保护区里，但它是在外面长大的。这一点再清楚不过了。这足迹和宣过誓的作证人一样，可以作为充分的证据。那些人言之凿凿地发誓说高帕打的这只麋鹿是在合法的地方长大的。那么按照惯例，森林的居民们理应得到一半的肉。司法官用这只麋鹿的肉做了他的圣诞晚餐，并为舍尔祝寿，就是人们口中的高帕，他是森林中最活跃的人，是他从茫茫荒野中获取美味的食物。

当然，这并不是什么新鲜事。猎麋鹿的人有一套与众不同的教义问答法，第九诫被略去了，那一条便是关于作伪证的。但是，当高帕跳过这条戒律时，他表现出一副格外特别的恪守教会教义的面孔，坦率而无辜，就好像他摆出这副模样就能问心无愧一样。

同年冬天，一只麋鹿掉进了低洼河的冰里，往南漂了大约一里。四个壮汉费了好大的力气才把它救了上来。那头鹿有只耳朵只有半个，从东边来，跑到西边的山坡去了。

第二年秋天，高帕收到了一封信。这是一个鲁斯特的小男孩专门带给他的，除此以外小男孩没有别的任务了。

他说："我收到了一封给你的信。"

"信？"高帕惊讶得不能再惊讶了，如果有一天早晨，太阳从

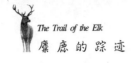
西边升起，穿过天空，高帕才会像此刻这么惊讶吧。一封信吗？给高帕的信？

他放下正在吃的肥美的猪肉，在裤子上擦了擦手，小心翼翼地拿起那封信，仿佛生怕它会烫着他的手指似的。

信封上印着一些和祈祷书上一样清晰、一样黑的字母："H. 布莱顿公司，德拉门。（H.Braaten & Co., Drammen）"在下面他看到写着："舍尔·仁登先生（Mr. Sjur Renden），低洼山谷。"但那是用钢笔写的。

高帕用他那把带鞘的小刀打开了信，就像他切开麋鹿肚子上的皮肤一样。他手里拿着的那张白纸沙沙作响，这才让他想起他的手是多么脏。那张纸似乎太好了，他连碰都不敢碰。即使上面印着"H. 布莱顿公司，德拉门"，下面还标注着"五金批发（Wholesale Hardware）"，这两个词他也不懂是什么意思。手写的字看起来不像他在学校里学的那样，字体圆润容易辨认。他眼前的这种，只有笔直的线条和挤在一起的破碎的线条。写这字的人，他一定是个非常善于舞文弄墨的人！这些字像一阵阵狂风似的在纸上掠过，纸上还好像立着一团酷似"旋转的鬈发"的笔画。高帕猜这就是"布莱瑟（Bratthe）"。他立刻去找校长，把信大声念了出来。高帕自己苦苦思索之后只能再拼出几个字来，像"麋鹿（elk）"、"山谷（Re Valley）"、"迷信（superstition）"和"敬启（Yours truly）"之类的。

H. 布莱顿公司是一个来自低洼山谷的男人创办的，他是一个上流社会的人。他一从学校毕业就离开了家，离开了那个叫"害虫营（Vermin Camp）"的小农场。他离开那里时，坐在一辆装满货物的贸易货车上，所有的装备都散发着旧奶酪过分发酵的臭味。

而当他再回来的时候……

他坐着一辆租来的罩着布的马车，带着他的妻子，大家都叫她布莱瑟太太（Mrs.Braathe），她会说当地的语言。而他的嘴里镶满了金牙，他咧嘴笑的时候，就像嘴里有一轮太阳一样……那位高贵的绅士是来自"害虫营"的汉斯，当时就是他带着一大桶旧奶酪离开了这片地区。

校长先读了两三遍这封信，只是动着嘴皮子念，没有念出声来，然后才大声朗读：

舍尔·仁登先生，

从我的好朋友那里，我听说您在森林里有一头与众不同的麋鹿，森林里没有一个人能捕杀它。当然，很多迷信都与动物有关，低洼山谷的谷地山民们直到现在大概都还和我小时候一样迷信。低洼山谷处在文明社会的边缘位置。不过，我听说，您是这一带最伟大的猎人，如果您愿意带我去追寻那头神秘的麋鹿，我们两个老相识会共度一段非常愉快的时光的。我真的很向往雷谷。

请给我回信。

此致敬礼

敬启

H.布莱瑟（H.Braathe）。

校长把信折了起来，看上去好像完成了一件整个山谷里没有人能做到的大事似的。

"你来替我回个信好吗？"高帕说，"你说他真的会来吗？"

回到山猫木屋的家，他觉得自己比以前更伟大了。一位来自布拉纳斯（Branas）的绅士给他写了一封信，说有他做伴将是一件愉快的事。最后那句"敬启"，听起来就充满了尊重和礼貌，甚至可能会让人们觉得这是一种嘲笑。

十六

有一天，布莱瑟敲响了山猫木屋的门。高帕在家，但没有回答。那敲门声是什么意思？而后又一阵敲门声，他才起身去开门。

布莱瑟先生是一个身材瘦长的人，似乎被抻拉过一样，过于狭窄细长。这令他身上的一切都显得松松垮垮的——他的脸颊、肩膀，甚至他的衣服。他就像一只蝙蝠一样干巴巴的。

"请坐在床上吧，"高帕说，"那里跳蚤可没有虱子那么能吃。"

这是他常对陌生人说的一个笑话，但这次他一开口就不禁在心里骂了自己一句。站在他前面的那个人来自"害虫营"，他可能会觉得这句话是在暗示他的过去。

但是，布莱瑟先生始终面带微笑，还让高帕像过去一样叫他"汉斯"就行了。

当天晚上，他们站在雷谷托勒夫山农场的斜坡上。比约恩没有跟着他们，因为汉斯不需要它。在高帕看来，如果是追捕劳滕

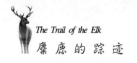

的话，就算是一条好狗也没什么用处。

　　如果高帕认为这个镇上来的人没什么本事，那他可就错了。高帕整天走得很快，但汉斯一直紧跟在他后面，而且好像一点汗也没出的样子。有一次，他从包里拿出一件奇怪的乐器，是一只短的桦树皮鹿哨，一端有一个吹口。

　　汉斯是个经常旅行的人。他说，有一次旅行时，他整日整夜除了大海和天空以外，什么都看不到，他说他曾闻到过那些长着红皮肤的家伙生的营火的味道。而他说话时，高帕沉默着，眼睛望着远方。他不是在雷谷斜坡上的沼泽地里。他跟着这个高个子的男人一起穿过地球另一边的无边无际的森林，在高帕心目中，这是一个梦想多于现实的国度。他们就好像是在一棵树下，旁边躺着一个古铜色皮肤的印第安人，目光如炬。他手里也拿着一只类似的桦树皮的鹿哨。加拿大的原野在云层下伸展开来。一个清晨到来了。不知在什么地方，一只海狸跳进了平静的池塘，更远的地方传来了鸭子的叫声。

　　然后，他们的向导，那个红皮肤的印第安人，小心翼翼地挪动着他的鹿皮软鞋，转身朝向东方大地上升起的玫瑰色曙光，把桦树皮做的鹿哨举到嘴边。起初，他只是对着它轻轻呼气，仿佛要使它暖和起来。这是一个寒冷的秋日早晨，除了水中偶尔传来海狸的声音以外，万籁俱寂……

　　红皮肤的印第安人放下他的乐器，再次举起来的时候，一曲麋鹿的求偶声从乐器里传出来，响亮又充满活力，诱人又充满狡黠。

　　汉斯站了起来，说就在那个晚上他们要引诱那只会巫术的麋鹿。在加拿大的荒野中，那只桦树皮做的乐器陪伴着他，不止一个戴着王冠的脑袋被这个哨声引诱过。如果劳滕没有被愚弄的话，那可真是太奇怪了……他还宣称所有那些关于雷谷瑞典人的说法都是彻头彻尾的无稽之谈。

高帕不想对他的同伴表现出迷信的样子，因为在上流社会，迷信太过时了。因此，他猜测劳滕也不过和其他麋鹿一样，只是麋鹿而已。它也吃草，在秋天和母鹿交配，会像其他公鹿一样死去。不会有不安分的精灵从它的鼻孔里飞出来。

十七

到了第二天晚上。

在布莱克山的山坡上，劳滕站在一块岩石上侧耳倾听，它的耳朵前后交替地摆动着。它的胡子向下垂着，看起来十分坚硬，令人不禁肃然起敬。它在仔细听母鹿的叫声；通常在黄昏时分，能在它们交配的时候听到这声音。

天气不是很平静。一片乌云在布莱克山的上空缓缓地飘过。就在它下面的河里，有轻微的激流，水像一个沸腾的水壶一样不断地冲击着岩石，溅出白沫。

山坡再往上一点的地方，汉斯和高帕坐在一棵云杉树下，云杉低垂着的枝条触到了地面。他们坐在枝条里面柔软的驯鹿苔藓上，就像坐在帐篷里一样，几乎一动都不敢动。汉斯拿出一只酒瓶子，高帕二话没说就把那瓶金黄色的白兰地倒进了他的喉咙。森林一点一点地戴上了面纱。东边的群山上，天色渐渐暗了下来，雷河的咆哮奔腾似乎从未停止过，声音甚至比之前更浑厚了。那声音听起来不均匀，说明空气中有什么在移动着。真是运气不佳。

汉斯向高帕弯下腰。"真想知道我们今晚能不能得到一个答案。"他低声说。

"这是雷谷里最棒的麋鹿狩猎地。"高帕低声回答。

他们又一次像石头一样一动不动地坐着，高帕觉得白兰地在他的舌头上停留了很长时间。

前一天晚上他们试了吹鹿哨的把戏，但没有一头公鹿搭理他们。

那天下午，他们发现劳滕的足迹就在他们坐着的地方的下面。一棵小松树的树皮上出现了白色斑点，几根树枝也被折断了。

会巫术的麋鹿在那里磨过它的鹿角，那痕迹看起来很新鲜，也许就是那天刚刚留下的。

夜幕降临时，高帕兴奋起来。他用全身每一个细胞聆听着，仿佛他什么都没有，只有一双耳朵……

汉斯觉得他身边的这个人真是个奇怪的家伙。高帕的脸非常短，几乎没有下巴，这种情况很少见，因为精力充沛的人通常都长了个很结实的下巴。他不时猛地点一下头，仿佛偶尔听到什么东西吓了他一跳一样。然后汉斯看到高帕笑了——在整个旅途中高帕的脸上都没有出现过笑容；而现在他笑了，是一种奇怪的、僵硬的笑容，他转向汉斯问道：

"你听到它了没？"

汉斯一点声音都没有听到，但是高帕敏锐的耳朵听到了

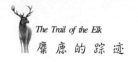

一种微弱得几乎听不见的声音——是公麋鹿求偶的叫声。那声音似乎是从下面的、北边的地方传来的。而后寂静再次笼罩着他们。吉卜赛湖的东岸有一道银色的条纹，那是北方天空的倒影。

汉斯小心地把桦树皮吹口压在嘴唇上，把另一端从松枝间伸出来，吹了起来，发出了一只母麋鹿叫声："来吧，来吧。"

然后，一片寂静。

一刻钟后，汉斯再次举起了他的乐器……他吓了一跳，停了下来。

就在北边，在山谷入口处明亮的天空映衬下，有个巨大的阴影，一头公麋鹿就站在山脊上。汉斯可以看到它两腿之间的天空，还有两只耳朵和巨大的铲状鹿角。

麋鹿一动也不动，像一座雕像一样矗立在山谷上空。

高帕上了枪。"劳滕。"他低声说，声音听起来像潜在水里说话。他看见了那只残缺不全的耳朵。就在那一刻，那头公鹿从山脊上走了下来，径直朝他们走来，黑暗包裹着它。

接着，他们听到一种带鼻音的咕哝声"呼——呼"，靠得越来越近了。一根干枯的小树枝被踩断了，空地上一棵松树的树桩闪着灰白色的微光。雷河的轰鸣声变得似乎很遥远，好像他们被隔绝开来似的，但突然地，又听起来很近。森林发出了一声叹息，接着高帕看到一丛地衣在汉斯头顶上方轻轻晃动。

接着，麋鹿的咕哝声停止了，好像突然被切断了似的。时间一分一秒地过去了，还是一片寂静。

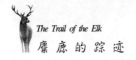

高帕转过身。

"我们暴露了！"他低声说。

而对于劳滕来说，它马不停蹄地沿着长长的雷山沼泽的边缘向北小跑，就是因为它听到了母鹿引诱它的叫声，于是它跑来找母鹿，可最后找到的却是人。这件事也太奇怪了！劳滕接着想到，有人在的地方一定没什么好事。

十八

同年秋天，九月下旬，山猫木屋的一个夜晚。

比约恩在床上睡着了。"暴风雨"挂在墙上。一个木质的盒子经过改造之后，成了高帕作为一个补鞋匠的工作台。一盏小小的煤油灯投出令人昏昏欲睡的光，照着他手里修补鞋子的活计。锥子、塞子、大头钉、打蜡的线和熨鞋跟的熨斗都一股脑地堆在箱子上，因为高帕远不是一个整洁的人。

修补完鞋子，他从床底下拿出一个小提琴盒，取出他的乐器，拿在手里轻轻地翻转把玩，好像在抚摸它；然后他把它举到下巴上，拉了一弓，试着调音。当他同时碰到高音和低音的琴弦时，小提琴就同时唱出悲伤的、甜蜜的、狂野的歌声来，就像有时从黑暗的、隐蔽的、布满沟壑的河床中升起的曲调一样。这把小提琴被调得富有魔力一般。

活泼的乡村舞曲从琴弦上跃起。比约恩醒了，睁开眼睛看了

看，又闭上了。几块快要熄灭的余烬从炉子的漏风孔里发出红光，一曲完毕，高帕坐下来陷入了沉思，寂静之中只有手表发出的滴滴答答的声响。快到凌晨一点了，但这是高帕最清醒的时候。

外面传来脚步声，比约恩叫了起来。"嘘。"高帕说。有人敲门，高帕打开了门，碰巧那天晚上他把门锁上了。

"晚上好。"那人站在黑暗中说道。

"晚上好。"高帕回答，"这么晚了你还在外面散步吗？"

汉斯·霍尔曼站在外面，正好站在黑暗和昏黄的灯光之间。他敞着大衣，一条镀镍的项链在他的背心上闪闪发光。他一边肩上扛着一根鱼竿，高帕看到鱼竿的白色顶端在黑暗中轻轻移动。

"噢，"汉斯·霍尔曼又说，"现在还早着呢。现在才一点钟。"

高帕等着。他很清楚，汉斯一定有一个非常特别的理由才在这样的夜晚来拜访他。

汉斯开始讲述他是如何沿河钓鱼的。河岸上长着茂密的灌木丛，他在那里面藏得很好。正当他给钓钩上饵的时候，南边的矮树丛里钻出来一只巨大的动物。一开始他以为是匹马，还在奇怪为什么它没有铃铛，而且除此之外，它的体形也不太像马。当这头动物蹚水进河之后，靠着天际，他才看清它的轮廓，认出它是一头体形异常庞大的麋鹿。

汉斯·霍尔曼走近高帕。像讲述一个秘密一样放低了声音。

"我看到的就是那只会巫术的麋鹿，"他说，"我看到了你的刀留下的记号。"

说完，他停下片刻。

"所以，"他总结了一下当下的状况，"当我看到你窗户上的灯光时，我想我最好告诉你。那头麋鹿蹚过了河，又从河的另一边走了上去。所以现在你知道到哪儿去找它的足迹了吧。"

汉斯·霍尔曼走了，高帕关上了门。他站在那里，穿着衬衫和裤子，盯着地板看了几秒钟。

另一边，木屋外的大路上，汉斯·霍尔曼没有朝河边走去，而是径直朝家走去。

山猫木屋里的油灯始终亮着。高帕像往常一样慢悠悠地在屋子里走来走去。他在炉子上烤土豆馅饼，在用木头和黄油做的水壶里装满了水——他在为他和他的背包、比约恩、"暴风雨"一起的徒步旅行做着准备。

大约三点钟的时候，他走到墙角的碗柜那儿，摸了一会儿，摸出了一个老式的皮钱包。从里面他取出一颗稍微扁平的铅弹，有一个小土豆那么大，脏兮兮的、疙疙瘩瘩的，表面粗糙。

那颗子弹有个名字，就叫"瑞典子弹"。1814年，高帕的父亲是马特兰德的一名士兵，他射杀了一名靠在树干上的瑞典人。子弹径直穿过了他身体，射进了树干。后来，他的父亲把那颗子弹挖了出来，从此以后，全家人都把它看作是一件无价之宝。

它可以像所有医生一样治愈伤口和疾病。高帕从未忘记那个腿上有溃疡的老农夫。高帕拿着这颗瑞典子弹，用它在他的腿上绕着溃疡画了一圈。从那天起，溃疡就不再扩散了；溃疡无法穿过那颗瑞典子弹在皮肤上画过的圆圈。

随后，高帕开始思考，他是否应该牺牲那块无价之宝，把它熔化成一颗铅弹来索取劳滕的性命。

劳滕，不是一头普通的麋鹿，不是一般的子弹可以杀死的。

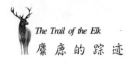
所有的老人都相信，有许多动物是需要特制的弹药才能够杀死的。

但他真的应该牺牲这枚瑞典子弹吗？

如果它能帮助他杀死会巫术的麋鹿，整个地区的人都会把他看作一个伟人。他会在山谷里十分出名，而且人们不会轻易忘记他，忘记他就是杀死劳滕的那个人。

多年来，他一直避开这头野兽。因为，老实地说，他不得不承认厄运总是跟着想要猎杀劳滕的人。不然他在摩尔斯迪向那只麋鹿开枪时怎么会病得这么重？他们看见了那脚印，就好像在月光下看到了那只动物的幻影一样。

但是，当他意识到他对劳滕有着幼稚的恐惧时，便总是会感到一种急切的渴望，渴望看到劳滕的下场，渴望杀死它，渴望把它那巨大的身躯装在车上拉到低洼山谷，展示给那些谷地山民看，享受他们的评论。

哦，那将是多么美好的一天！小男孩们不再像以前那样有些害怕地看着他和比约恩，而是带着深深的敬佩注视着他们；而老妇人们则会故意摇着头，预言他将大难临头……

他手里的瑞典子弹沉甸甸的，比普通的铅弹要重；未知的力量被囚禁在这块金属中，它要挣脱这个家族的占有。不过高帕在山谷中没有亲戚，他是独子，父母双亡，其他所有的亲人都穿过蓝色的大西洋，从他的生命中消失了。可以说，当他死去的时候，这颗瑞典子弹就无家可归了，不应该这样的。

高帕决定将瑞典子弹熔化。

他在炉子里生起大火，上面放了一口他经常用来熔化铅的小锅。他目不转睛地凝视着那颗瑞典子弹，看着它一点点失去形状，表面上的那些疙疙瘩瘩被一点点夷为平地，直到最后变成了锅里的一滴铅液，像火焰一样闪耀着，像山里月光照耀下泛着银光的湖泊一样神秘。

突然，躺在床上的比约恩变得焦躁不安起来。它抬头看着主人，低声呜咽着。那只狗到底怎么了？"安静！"高帕说。

比约恩又把自己蜷缩了起来，头埋在尾巴下面。但当高帕把熔化的铅倒入子弹模具时，这只狗又一次抬起头来哀嚎。

这也太奇怪！狗病了吗？也许是得了风湿病吧。毕竟比约恩正在变老。它的那双眼睛是苍白的蓝色，瞳孔也变得暗淡无光，

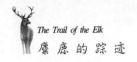

这都说明它年纪大了；不过它还是相当敏锐、活泼的。它为什么一次次哀嚎？

高帕走到狗跟前，抚摸着它的头。比约恩的耳朵向后贴平，表示满意，然后冷静下来。

铅冷却了，高帕取出了子弹，崭新而有光泽；但它不像其他的子弹。它曾经杀过一次人，它知道它的归宿，无论这颗子弹打在麋鹿身上的什么地方，死亡都会以它为中心蔓延开来，就像涂了毒的箭头一样。愿上帝怜悯劳滕吧！

当高帕把子弹放进弹匣时，比约恩又一次抬起头，哀嚎着。

现在是凌晨四点。他灭了灯，爬到比约恩旁边的床上。他不时睁开眼睛，透过窗户寻找黎明。

十九

那天早晨，一头麋鹿静静地躺在猫头鹰谷的顶端。就是劳滕。它来自山谷的另一边，来自东部的山脉。一只喉咙里发出可怕声音的狗追了它半天，最后劳滕游过了低洼山谷的河逃了过来。

但是它想回到雷谷，因为那是它的家。几个月以来，森林里都十分平静，甚至那平静也钻进了它自己毛茸茸的身体里，让它与深山的寂静融为了一体。

平静本就深深藏在它的天性中。它也想看看它骨子里的平静是什么样子，但看不见。它喜欢站在沼泽的边缘上，观察松鸡和它那一大群的孩子；它喜欢看容易受惊的野兔不受任何惊扰地吃草。那是一种平静，每天都有新的乐趣，就算是那么古老的沼泽——沼泽地里也会长着没有枯萎的多汁的青草，山间小湖里也会生出几朵睡莲。对它来说，生活就是吃饭、睡觉、休息，然后再吃饭。生命有光明也有黑暗，有太阳也有雨水，有炎热也有

严寒。

它从白天睡到黑夜，但睡得很浅，能意识到旷野中传来的任何一点微小的声音。它们在它的耳朵周围飘荡，最后，不寻常的噼里啪啦声一股脑地钻进它的大脑，它完全地清醒了。

劳滕靠自己的直觉生活——也就是说，它靠的是那些经历过不同时代、穿越过不同国家的数不尽的祖祖辈辈积累下的经验。当潺潺的小溪流入海中时，祖辈们的经验就悄悄溜进了它的脑海。

它逆风而行，而不是顺着风跑，因为它必须这样做。当它逃离人类的气味时，很久以前死去的麋鹿在它耳边无声地发出警告。自从第一支箭旋转着、歌唱着飞进麋鹿的肩头，让生命从麋鹿身上一点点消散以来，对人类的恐惧就像一粒种子，一直不断地滋长。

在这个灰蒙蒙的早晨，劳滕躺在猫头鹰谷里，面前是低洼河传来的让它睡意蒙眬的潺潺流水声，旁边是岩石上的涓涓细流。这涓涓细流是渺小的生命。一滴水珠掉了下来，大家贴心地为此静默了一会儿，然后又有一滴水珠溅了出来。在峡谷的高处，一只猫头鹰一动不动地坐着，头上长出了长长的羽毛，黄色的眼睛茫然地盯着阳光，它的嘴上还留着昨晚狩猎留下的血迹。

在下面很远的地方，高帕正追踪着一头麋鹿的足迹，喘着粗气。它用皮带拴着比约恩，那只狗嗅着地面，好像在寻找什么东西。偶尔，它会哼一声，使劲地拖拽着高帕，直往山里钻，往猫头鹰谷走去。

峡谷很窄，两壁都是岩石，山上的灰烬在秋天的光辉中闪闪发光，蕨类植物都变成了金子。一只老鹰大叫一声飞了出来，声音从一块石头传到另一块石头，前后不断地回响，最后变成了巨大的声音，就像在空旷的地方发出的响亮的叫声。

男人和狗爬了上去。突然，比约恩抬起头来。它闻到了气味，于是高帕小心翼翼地解开了狗的项圈。

在以后的漫长的冬夜里，伐木工人们经常躺在他们的木屋里谈论高帕、比约恩和会巫术的麋鹿。

他们中有个上了些年纪的人仍然记得，他们还是孩子的时候，有天早上，猫头鹰谷开始了一场疯狂的追逐，持续了一天、两天、三天；直到第三天晚上才结束。

劳滕平静地躺在猫头鹰谷里，两只耳朵警觉地竖着，一只向前，一只向后。

随后它从窝里跳了起来，跑了出去。树林里不再清明平静了。一块小石子松动，哗啦一声掉了下去，一只灰鼻子灰腿的黑猎鹿犬从灌木丛中跑了出来，公麋鹿调转尾巴，迈着它的长腿大步朝西奔去。这只是开始。在下面的低洼山谷里，家家户户客厅里的钟敲了七下，烟囱里冒出轻烟，弥漫在灰色的晨光中。

过了一会儿，一个男人站在它们离开的地方，望着西边。

他张着嘴好像要把空气里的什么东西吸进去。他一只手放在耳后，歪着头，嘴巴总是张着。他的双眼望着的已经不是他周围的这个世界，他好像是看着这片土地，但其实是在看遥远的远方。

群山沿着西边雷山裸露的山头向远方延伸，山势连绵不断，起起伏伏。

两只动物朝着雷山跑去，一只大的在前面，小的跟在后面。

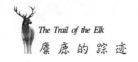

它们在为彼此之间的距离进行较量，有时距离变长了，有时又减少。麋鹿凭借它又长又重的身体在灌木丛中穿梭，鹿角在绿色的松针中嗖嗖地划过，它的腿均匀而坚定地拍打着。当它抬起腿的时候，它的蹄子碰在一起，发出一种像是干柴互相敲打的声音。偶尔，鹿角会重重地撞到树干上。

劳滕保持着平稳的小跑，它的飞驰是不慌不忙的、无所畏惧的，毕竟它是这山谷和群山之中的万兽之王，是最强壮最狂野的麋鹿。它的奔跑不是因为害怕，而是它莫名觉得这样做是明智的。它的嘴几乎水平地抬起，鹿角快要贴到背上。

比约恩穷追不舍。它的舌头长得太长了——不得不从嘴里伸出来；它的眼睛睁得大大的，脚爪几乎都没有碰到地面就腾空而起。它以闪电般的跳跃缩短了距离。松针粘在它蓬松的皮毛上，它毛茸茸的身体像一只巨大的昆虫一样，在灌木丛中飞梭。

狗已经把高帕抛在了脑后，把所有人都抛在了脑后。它回到了几千年前，那时狼在雷山里沿着麋鹿的足迹怒嚎。它是它们中的一个，是一条没有人的手抚摸过的、没有人的眼睛征服过的狗。

它面前那灰色的、转瞬即逝的麋鹿腿使它的肌肉发出了嗜血的歌声。激情在它心中怒吼，当它接近麋鹿时，它的喉咙中就发出断断续续的怒吼。那怒吼不是来自山猫木屋的比约恩发出来的，而是它体内潜藏着的狼族的血性发出的声音。

它的鼻子不再贴着地面寻找气味，它跑过的空气中已经充满了一股浓浓的气味。每一次呼吸，那令人发狂的气息都充满了它的鼻腔，它周围的一切似乎都在奔跑。红色的松树树干向它和劳滕跑来，云杉树向后爬去，跳过沼泽。它们被甩在了后面，但总会有一批又一批新的出现。

高帕抬起头。他的目光从远处转回来，望向西坡上的一个地方，那是一个云杉覆盖的小丘，银色的白桦树像火焰一样闪耀着，他凝视着那里。突然，从那座小丘里传来了一阵意想不到的声音，就像荆棘丛中迸出的火花。

"汪！"那是一只狗的叫声，清脆，但听起来十分微弱——似乎是从一个只能呼吸的喉咙里发出来。

而后小山上就再没有声音了。

高帕留在猫头鹰谷。他并不着急。他想弄清楚劳滕要去哪儿，从他站着的地方来听，距离他大概有半里地那么远。

过了一会儿，比约恩又在同一个地方叫了起来，声音低沉，咆哮着，就像一只看门狗对着陌生人叫一样。劳滕陷入困境了！

"汪！汪！汪！"

接着，高帕开始跑了起来，他手里拿着枪，枪口闪耀着黑色的光芒，枪膛里装着一枚瑞典步枪子弹。

高帕藏在森林里，不一会儿又出现在远处的一个小山丘上，侧耳听了听，然后把他的幸运帽往后一推，接着又再次潜入绿色的森林中。

狗对着西边的叫声是山坡上唯一的生命象征，它一遍遍打破寂静，每次叫声之间的间隔很短，很有规律，就像祖父的时钟滴答作响一般。

比约恩正对着一些密密麻麻的云杉林吠叫。它似乎在一遍又一遍地和云杉林说话，却没有得到任何回答。

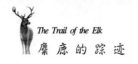

在那里的云杉树丛中，有几棵灰色的细树干似乎在不时地移动，那是麋鹿的腿。一些粗糙的长着褐色树皮的树枝，就像一棵小灌木似的，在云杉针叶间移动。那些是麋鹿的鹿角。

劳滕站在那里。显然它不是很在意那条狗。它的头转来转去的，好像在怀疑它周围森林里有什么无形而又危险的东西。

每当劳滕遇到那只浑身毛茸茸的、总是吠叫的、浑身散发着人类气息的小动物时，就感觉无论它走到哪里，森林对它来说都变得不安全了。也许这是因为那年秋天的那个回忆，那天它的母亲从布莱克山的北部坠落，它的鼻子里吹出一团金色的灰尘，自从那天起，它再也不动弹了。每当它遇到一条狗时都有同样的感觉。它感觉有什么活着的东西离它很近，虽然看不见，但它很清楚这些东西就是存在。在每棵树上，每片树林里，都有什么东西在窥伺着它——这些东西便是它恐惧的源头……

从猫头鹰谷开始跑了很长一段路后，它屏住呼吸，便有了这种感觉。它没有闻到那边有高帕的气味，否则它不会这么快就停下来的。

"汪！汪！"

比约恩每次从鼻腔中发出犬吠的时候，眼睛都半睁着，耳朵向后平展，牙齿闪闪发光。然后，它会看劳滕一眼，安静一会儿，再接着叫一声，就好像要让劳滕觉得它一点也不危险，只是跑过来友好地聊几句似的……

突然，云杉树林中闪过一道长长的灰色身影，劳滕的前脚便站在了比约恩原来站着的地方，但比约恩已经躲开了。因为比约恩清楚劳滕会怎么做，所以它可以不费吹灰之力地躲开。

"汪！汪！"

然后劳滕又一次消失不见了，只剩下那些灰色树干和棕灰色的活树枝来回晃动。

而后比约恩又变回一只真正的狗，一只来自山猫木屋的狗，一只从高帕手中夺取食物的小兽。

当它看着这只麋鹿粗糙的喉咙，想象着用自己的牙齿撕咬它时，它想起了其他麋鹿的喉咙，高帕曾割开那些麋鹿的喉咙，好让它能喝到血。这种情况经常发生在麋鹿一动不动地站在树丛中的时候，这一想法让比约恩满怀期待地环顾四周。高帕应该过来给这麋鹿一枪，然后这麋鹿就会摇摇晃晃地，不一会儿就会朝一边倒下去，然后永远躺在土地上不再动弹。"汪！汪！"

但是劳滕已经得出结论，它确信周围真实地存在着某种令它不安的东西，那东西使枯枝发出噼里啪啦的声响。于是它又跑了起来。比约恩失望地哼叫着，又开始追逐它。持续的吠声就如此终止了。

高帕跑得秃头上都出现了汗珠，上气不接下气的。当它听到麋鹿逃跑了的时候，不住地低声咒骂。

二十

开始下雪的时候，天色已经很晚了。

第一片雪花孤孤单单地飘落，又轻又薄。

雪花无法保持平衡，漫无目的地飞来飞去，最后慢悠悠地落在土地上。它曾经就在土地上，在秋天的一个早晨，在白色的沼泽薄雾中游泳。后来，它便住在云朵住的地方，而现在又落下来，落在一片白杨树叶上，红白相间，这是冬天的第一场雪。

一点一点地，空气中充满了无数的白色蝴蝶，它们从天上飘落下来，这是上帝赐予大地和人类的礼物，不断地落下，落下。

在托勒夫塞特山上，有两只动物在爬行，一只大一只小——第一个是劳滕，另一个是比约恩。

它们顺着山上一条狭窄的沟壑走着。这条沟壑先向北蜿蜒而下，然后向南，再向北；那不过是山里的动物们走出来的一条狭窄的山路，悬在一个深渊的边缘，在下面的山谷深处，白色的漩涡形成了一个黑暗的阴影。

劳滕领着路，现在它周围已经没有什么长长的、笨重的东西阻碍它了。它的脚走每一步都在小心翼翼地寻找着可靠的落脚点。膝盖的关节会因为一点小动静就弯曲一下，蹄子偶尔也会滑一下，刮去灰色的驯鹿苔藓。

比约恩跟在它后面，一声不吭，害怕得蜷缩起来。它们在天地之间攀爬，雪花从它们身边飞过，跳进了深渊，隐约间能听到远处雷河奔流的声音。

于是，麋鹿和狗继续慢慢地，慢慢地前进。有一次它们穿过岩石间的一些大黑洞，这让劳滕和比约恩都感到非常不舒服。劳滕停了下来，鼻孔张得大大的，目露凶光，比约恩则夹着尾巴，朝着岩石嗅了嗅；它的嘴颤抖着，因为它闻出来最近有一只动物在这里找到了一个过冬的窝，比约恩的名字就是以这只动物命名的——熊。

过了很久，麋鹿和狗到了山脚下。劳滕穿过桦树丛，狗又叫了起来。它们到了一个深沟里——就是两个岩石峭壁之间，这里的水沸腾得满是泡沫，但还是远远不如……劳滕可以跳它身长的两倍那么远。它腾空而起，又落回地上，继续奔跑。

比约恩绕了个弯，抄了条近道，所以当劳滕跳进雷河时，它不是独自跳进去的，河里传来了两声哗啦的水声，一声是麋鹿的，一声是狗的。它们径直向西坡跑去，比约恩仍时不时地发出短促的吠声。

过了一会儿，高帕到了东边的山坡上。他就像一块拧得很紧的破布。他的帽子放在口袋里，稀疏的头发贴在脑壳上，眼睛红

红的，眼角紧绷，像一个很多个晚上都彻夜未眠的人。他的嘴张得大大的，下巴的肌肉累得连嘴都闭不上了。

他停下来喘口气。现在大概几点？快两点了吧。他觉得差不多。自打比约恩开始追逐会巫术的麋鹿，已经过去六七个小时了。那天，高帕从东到西，一路上听到了很多次狗从喉咙里发出的声音。他也去了北边和南边，一直跑来跑去，只有上帝知道他到底去过哪里。他在每一个众所周知的麋鹿狩猎地停下，但是劳滕绕过了这些地方，因为它不像其他麋鹿那样跑。现在距离高帕上次听到比约恩的声音已经过去两个小时了。

高帕把一只手放在耳朵后面，就像那天早上在猫头鹰谷时那样。他试着屏住呼吸，连寂静的雷山中最轻微的响动也不想错过。他似乎在倾听雪花传来的消息，但雪花没有捎带任何消息，它们就像一群无声的蝴蝶在旋转。只有当他背对风时，这些飞舞的颗粒才像是小精灵的炮弹一样，砸在他的背包上，发出一点几乎听不见的声音。

他坐下了。周围的山也变了颜色，一点点被白色覆盖。天色稍稍明亮了一些，能看到很远很远的地方的土地。他看见吉卜赛湖就在下面，在一片洁白中像一块黑色的石头。

听！

从西北方向传来了一个声音，是一只几乎筋疲力尽的狗的叫声，轻轻地打破了寂静。高帕抬起头，他的整张脸都镶着黑胡子，因为兴奋而变得僵硬。

那是比约恩吗？是的，就是它！他看到山谷西边山脊的轮廓向北边延伸，起起落落，直延伸到天际。最北边的白色山坡上出现两个小黑点，一个大一个小。它们先是变大，又立马缩小了，最后完全消失了。

比约恩和劳滕去了西边的群山。好吧，高帕觉得最好还是跟着它们。

他在离他不远的地方找到了一个斜坡，然后一路小跑着穿过吉卜赛湖周围的沼泽地。

然后他来到了西边的斜坡，迎面是一条难以攀登的极高的悬崖。夜幕掠过田野，时间慢慢流逝，高帕匍匐着慢慢地向上爬去。

有那么一两次，他仰着脸躺下，几片雪花落在他的皮肤上。它们像是湿漉漉的舌头一样舔他，清爽宜人。他从周围的石楠丛中采了一点雪，放在他发热的头上，享受着雪的清凉。

然后他起来，接着往上爬。一根干树枝挂在他的裤子上，把裤子扯了个大口子。他听见溪水出奇地安静，它们的声音听起来不是很自然；当它们近在眼前的时候，听起来却像是离得很远。他的耳朵里响起了一首歌，调子又细又高，像蚊虫的嗡嗡声。

哦，躺下休息吧，多休息一会儿吧……说的什么废话！比约恩和劳滕往西走了，高帕最好是跟着它们走。

一个小时不到，他就到了那座荒山，光秃秃的山在他面前伸展开来。西边大约一里远的地方就是另一个山谷，三号山谷。高帕知道麋鹿在躲避猎犬时偶尔会去那里。这种事经常发生在他自己和比约恩身上。也许劳滕也走了那条路。

但在下山前他必须休息一下。他从背包里拿出食物，想要吃，但他的嘴太干了，吃东西的时候像咬木屑一样。他的嘴里似乎一点水分都没有了。

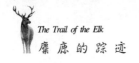
自从追逐开始以来，高帕就没有正确地认识到一个事实——那就是比约恩追逐的并不是一头普通的麋鹿。也对，光天化日之下，在辛苦奔波的同时哪里有神秘主义的想法。

接着他的大脑变得一片空白，还很虚弱。他觉得自己的推理能力似乎随着汗水一起流逝了。他的脑海中似乎充满了迷雾，各种想法都找不到出路。他们和那些足迹还有这场追逐一样，在做着最直接最快速的工作。

但他知道，当下劳滕很难甩掉比约恩。比约恩休息得很好，它的爪子很坚硬，肌肉像干肉饼一样结实——它是一只非常凶狠的猎鹿犬，随时准备跟着麋鹿去哈林达尔（Hallingdal）——甚至是去更远的山谷。

高帕再次向西慢跑。休息之后他感觉好多了，他开始思考。山谷里的人们给了他一个绰号——高帕，也就是山猫。虽然按理来说，他的名字叫舍尔·仁登，可以看到在他的洗礼证以及评估表上都是这个名字——而且他们还把他的木屋称作山猫木屋，虽然正确的名称是"河灯（Elvely，挪威语，河流避难处）"。

正在修建的时候，碰巧有个牧师路过，便由他来取了这个名字。

但是，他们给他起了这样一个外号，该死的，他们就应该对这个外号表示尊重，并且意识到他确实给这个外号增光了。因为他要让他们知道，他就是一只山猫，别人失败时，只有他还能继续。他要把那头长着巨大鹿角的麋鹿和瑞典人那不安分的灵魂通通赶进炽热的地狱。而他，高帕，衣衫褴褛、满手是血地回到低洼山谷的时候，劳滕被杀了的消息会像野火一样蔓延扩散——早上七点，劳滕被赶出了猫头鹰谷，在通往哈林达尔的西部山区中被射杀，当然，杀死它的人正是高帕。

甚至连报纸上都会刊登这件大事："大名鼎鼎的猎人舍尔·仁登……"那次休息之后，他的身体很快就再次疲乏不堪，那些有的没的想法也再次消散了；他的脑海里都是迷雾，只有一团迷雾。但是在他的意识中，有一件事儿仍然是非常明确的，那就是："跑，接着跑吧，看在上帝的分上！"这就是高帕作为一个麋鹿猎手必须具备的决心。

二十一

在三号山谷里，一条狗发出了响亮的嚎叫，那是一声光荣的叫声，因为它的猎物正一动不动地站着。

劳滕仍然站着不动，因为它实在太累了，它不得不这么做。在最后的那段奔跑中，它脚下的土地似乎动荡不安，无论它走到哪里，它都能看到面前有一个充满了和平与宁静的巢穴；它可以在那云杉下休息，或者在那儿——在那巢穴里休息一下。不过，它摆脱不了一只"黑狗"带给它的永远的烦恼，那只"黑狗"就像它自己的影子一样，毫无意义地跟在它后面。它什么都尝试过了——它爬过群山，跳过沟壑，但那只狗一直狂吠不止地跟着它。

在这几个小时里，它的耳朵已经习惯了狗的叫声，那叫声已经不再让它感到发自内心的恐惧了，已经变成了一种小小的恐吓，一种潜在的危险。但此时此刻，劳滕最后还是不得不站在三号山谷里的一片云杉林中休息。

比约恩也在一旁躺下了。这只狗也几乎精疲力尽——在刚刚的奔跑中它的腿摆动快得几乎看不到，这是它们奔跑时与生俱来的习惯。

它曾几次越过高帕的足迹。大地把熟悉的气味喷进了它的鼻孔，就像它的主人正站在那里向它发出指令，一直说着"冲啊！"于是比约恩一直紧追不舍，直到现在才停下。

它的毛发湿透了；它和麋鹿都在冒着热气，就像寒冷天气里奔跑的骏马。雪像白羊毛一样铺在石楠上，一棵冰冻的越桔①从雪中冒了出来，像是在隆冬时节还对夏天念念不忘。两只动物身后，两棵红铜色树干的松树笔直地向上生长。

"汪！汪！"比约恩叫着。每一次吠叫之间都有一段间隔，它的声音嘶哑得几乎听不出来。它不时地吃一大口雪来解渴。"汪！"

两只动物停下来后都觉得浑身僵硬。劳滕的一条大腿上被一个干树枝划了一条巨大的伤口。它双眼盯着面前的这个小家伙，满是责备的神情，因为它从来没有伤害过它，它唯一做过的事就是不让它抓住……劳滕仍然一动不动地站着。

与此同时，高帕也在匆匆向西边的三号山谷赶来。他的脚踩在雪上一点儿声音都没有，就好像奔跑在柔软的苔藓上。他一路小跑，偶尔走几步歇一歇，吃几口雪。

高帕发现了那只狗和麋鹿的足迹，虽然看不清楚，但一目了然：麋鹿的足迹穿过一丛野草，留下了一条长长的纹路，附近有

---

① 越桔：杜鹃花科植物，原产北美，常绿矮小灌木。多生于高山苔原带、单叶互生，叶片倒卵形，有 2～8 朵花，苞片红色，宽卵形，花冠白色或淡红色，钟状，长约 5 毫米。

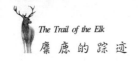

比约恩清晰的爪印。他像个孩子一样兴高采烈地追寻着足迹，跟丢了之后又再次找到，就这样径直向三号山谷走去。

他已经没有任何关于时间的概念了，只有那座似乎无边无际的山。雪继续下着，不断飘落的雪花使他头晕目眩。最后，他看见前面山脊上有一块又高又窄的岩石，就像一个高高的烟囱，他知道，那岩石所在的斜坡便是通往三号山谷的。

他很快就到了那里。在他面前，大地下沉，山谷清晰可见——山坡上的森林稀稀疏疏，长长的沼泽傍着一条寂静的河流，就在离山谷转弯处不远的地方，有一个大湖，还有一片白色的夏季牧场，上面有几幢深色的房屋。

这时，一阵生机勃勃又令人兴奋的喜悦贯穿高帕的全身，因为在他正下方的山坡上，从灰蒙蒙的空气中，传来一只狗的吠声。

接着是一声接一声的狗吠声，整个山谷都响彻着它的歌声。高帕对这声音感到诧异："可怜的老狗，它嗓子都哑了。"他想。但是，真是一条好狗！它是一个没有缺点的动物，没有一只狗像它这么棒。它将很快得到援助，喝到温热的血，吃到热乎的肉……

高帕迅速而小心地滑下树木繁茂的山坡。就在那里，就在那里，他一次又一次地想。再过十分钟，再过五分钟，瑞典子弹就会从"暴风雨"的枪口无情地飞出去。

第二天，他将回到低洼山谷，衣衫褴褛，双手沾满鲜血。马丁·莱胡斯将会惊讶得把烟斗从嘴里拿出来，瞪着眼睛问：

"你说什么？你打中它了吗？"

高帕停下来确认一下空气的流动……他运气好，正好迎着风。他能在飞雪中看出天气很快就会放晴。雪花胡乱地飞舞，像虫子一样飞来飞去，而不是安安静静地飘落——这便是晴朗天气来临前的迹象。

　　高帕沿着山坡上一条长满了云杉的小水沟走去，而就在他的前方，离他很近的地方，站着比约恩和被牵制住的会巫术的麋鹿。到了该高帕偷偷潜行的时候了，森林变得生机勃勃，每一棵树都在聆听狗的吠叫，他觉得他好像即将发现一个奇妙的秘密。

　　他看不见狗和麋鹿，只听到狗的叫声，尽管他知道它们都在那里。他停下来四处寻找掩护，却发现他的手似乎有些异样。他呆呆地站在那里，看着双手，他都没有认出这是自己的手。这双手不住地发抖，他很想让它们别再抖了——尽管他自己也在不由自主地发抖。

　　接着，他感到全身都在微微颤抖，这是他无法控制的——他的下半身感到一阵寒意。这是猎人的战栗！他想。

　　"汪！"下面传来了声音，接着是一阵突然的寂静。高帕屏住呼吸，等着下一声吠叫。他

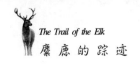

肯定没有吓到会巫术的麋鹿吧？风不可能把他的气味吹到那些敏感的鼻孔里去吧？……接着，又传来一声犬吠，劳滕仍旧站在那里——如同一块岩石一般。

高帕无法让自己停止这莫名的颤抖，而在持续的颤抖之下他是开不了枪的。他不再是他自己身体的主人了，他不是真正的高帕。真正的高帕从不会在麋鹿面前颤抖——就算是在恶魔面前他也不会颤抖！

现在他真的必须冷静下来。一人一狗已经辛苦追踪了十个小时，最后，他们终于接近了他们的猎物，几乎可以触摸到它。可现在他的手颤抖着——在这种情况下只要他稍有失误，那个猎物就可能会再一次飞奔向未知的远方。

他跪了下来，双手捧满了雪，一下子覆在脑袋上。冷得他一个激灵，真是太冷了。

比约恩突然发出愤怒的吠声，这说明猎物正在逃跑。高帕太熟悉这种叫声了，这声音在他心中激起了愤怒……

又逃了！

高帕跪在地上，融化的雪从他的头上滚落下来。他深蓝色的眼睛变了颜色，颜色变得更浅了，看起来更呆滞了。他的幸运帽被雪覆成白色；他的枪倚靠在手臂的凹陷处，被紧紧地抱在胸前，就好像跟高帕一样倾听着那犬吠。

安静。死一般的沉寂。三号山谷某处传来汩汩水声，像是生命的回响。

高帕站了起来。寂静了很久都没有狗叫。

他跑出洼地，站在一个光秃秃的山脊上，然后他又听到了比约恩的声音。他明白了，那只狗还是紧跟在麋鹿的身边，时不时跑在它前面；他甚至可在山谷底部长长的沼泽上看到那两只动物。劳滕在慢跑甚至可以说只是在小跑，探着头伸着脖子，总是把头从一边转向另一边，仿佛在听什么。"这个距离打中它的可能性太小了。"高帕想着。距离只是在嘲笑他。在这样的射程范围内，他不敢冒险用掉瑞典子弹。

麋鹿跨过了三号河流，随着它的腿的抬起，河水甩出了一道白色的水拱。比约恩游了过去，和劳滕一样很快就到了对岸。它们消失，又出现，劳滕直奔三号湖泊而去。

高帕把他的来复枪向后一甩，深深地吸了一口气，走下斜坡。

劳滕和比约恩来到三号湖泊，那里漆黑一片，如夜色平静。一片睡莲叶静悄悄地骑在水面上。整个湖面都很平静，绿色心形的叶子与正在进行一场狩猎的两只动物组合在一起，形成了一幅荒野生活的图画，永恒的和平，永恒的时间，此刻的痛苦挣扎，生死攸关。

劳滕径直跳进湖里，用蹄子在光滑的湖面上踏出一条条裂口，它下水的地方被它用精瘦的四肢划开一条条裂口，水沿着它的肩膀和两侧上涨。一条受惊的鳟鱼从河堤下跑了出来，就像一个影子穿过白沙，进入黑暗的深处。比约恩游在麋鹿的旁边跟着它。

河水汩汩地流着，在劳滕的身侧越涨越高，最后它游了起来，它的鼻子低得像船的龙骨一样在水里翻来翻去。比约恩用一只爪子抓了一下麋鹿的背，发现抓不住，又试了一次。然后它用牙齿咬住了麋鹿的鬃毛，接着很快就站到了正游过三号湖泊的那只会巫术的麋鹿的背上。

狗那时一点都感觉不到累了，它沉浸在无比的喜悦中。它听到身下的劳滕吃力地呼吸，能感觉到这个巨大的身体在努力地颤抖，肌肉在麋鹿踏水的时候一张一弛。而它，来自山猫木屋的比约恩，站在它身上航行！它是来自低洼山谷的年迈的麋鹿猎人，它从黎明到黄昏，永不言弃——甚至坚持到了下一个黎明。

然后，它从它那沙哑、干燥的喉咙里宣泄出它的喜悦；伴随着它的征服之歌，正在游泳的劳滕发出呻吟，眼睛睁得大大的。它朝着湖对岸的一棵松树的树顶游去。当它拼命游泳时，恐惧就坐在它的背上。有一次，它感到有牙齿咬着它的脊背，便浑身打了一个寒战，就像它的祖先在雪地里倒下，狼群凶猛地扑向它们时一样。

比约恩弯腰从麋鹿背上扯下一大簇毛发扔进了水里，那毛发就一直漂浮在水上。

"汪！汪！"

它又拔了一簇。

看到的人可能会以为是有一只筏子在水上航行，劳滕的那对犄角就是船桨。

比约恩发现一个高高的树桩正在穿越沼泽——是它的主人高帕，看到他，比约恩更是骄傲不已。它可以征服每一头麋鹿，从一座山到另一座山，不管它们的体形是它的多少倍。它可以驱赶它们，向它们狂吠，让它们疲惫不堪，直到最后它咬着它们的喉咙吸光它们的血。"汪！汪！汪！"

高帕蜷缩在三号湖泊以北的沼泽地里。

他很痛苦。麋鹿和比约恩漂得越来越远，如果他开枪的话，比约恩可能会像麋鹿一样很容易被他击中，被他轻松地射杀。而当劳滕上岸时，他想试着开枪，但根本就没把握一举击中。

瑞典子弹不能在这样不确定的射程内冒险，因此他很快更换了子弹；然后他蹲下，准备射击，左肘放在左膝上。他的脸颊紧贴着枪杆，一动不动地坐着，一个猎人在最后这决定性的一击中变得僵硬了。

他不再发抖了，尽管紧张感像一团暗火在他心里燃烧。在纷纷扬扬的落雪中，他看到一个巨大的身体从水里冒出来。

高帕像睡觉那样闭上了一只眼睛，但另一只却睁着。周遭的空气冰冷刺骨，他屏住呼吸，整个身体紧绷绷的，一动不动。"暴风雨"咆哮一声，呼出一口白烟，一时之间高帕被这声音堵住了耳朵。

但是，正在涉水上岸的劳滕听到了一声像岸边的啄木鸟在啄树一样的声音。接着，从它身后传来一阵枪鸣咆哮，它连忙潜伏进了森林，水滴如雨般从它身上洒落。比约恩紧紧跟着它。

二十二

高帕又继续追逐。

黄昏时分。他再也听不到比约恩的声音了，但他找到了脚印。

快到傍晚时，天气转晴了。天空似乎吸引着雪花，使它们变得又轻又干。天空怡然不动，在地球上形成了一个淡黄色的穹顶。

枪声和狗吠声过后，山谷里好像更寂静了。一个男人在新鲜的雪地里跟着足迹走着，但舍尔·仁登不再跑动了。他跑不动了！

从他脸上可以看出他已经完全没有力气了，他的脸颊、下巴和眼睑都耷拉着。尽管他没有喘粗气，张着嘴，但他的嘴角下垂，摆出一副轻蔑的鬼脸。

沼泽是白色的，但是树下的地面没有被雪覆盖。树林里呈现出一种肃穆庄严的气氛，这种气氛并没有因为即将到来的黄昏而减弱。

高帕相当令人惊讶。在三号湖泊附近的最后一次努力似乎耗尽了他最后的力量。尽管如此，他还是继续走啊走，脸上总是露出轻蔑的笑容，仿佛在嘲笑他面前的那只麋鹿的足迹。

他站在一片开阔的空地上，那里的松树曾经被烧毁，再也没有长回原来的样子。他用手背揉了揉眼睛，就像人们刚起床还没有睡醒时所做的那样。

他走了几步，又停了下来，揉了揉眼睛。是什么鬼东西干扰着他的视力？他清清楚楚地看到了一轮黄澄澄的月亮，不是很圆，因为当时正逢月亏，所以月亮看起来有一点椭圆。这个月亮就离他眼睛几步之遥，他一动，那月亮也跟着动。它是那种刺眼的、耀眼的黄色，甚至把空气都渲染成了黄色。高帕觉得眼前的一切都在闪耀着光芒。薄暮的天空一片火红。他眼花缭乱，久久地闭上眼睛。当他再次睁开眼睛时，天色已经恢复了正常，柔和且几乎黑暗。但是走了几步之后，那愚蠢的月亮又回到了视线里。

他很清楚这月亮是什么，他以前见过。每当他劳累过度，这月亮就像个诅咒一样跟着他。当耀眼的黄色月亮出现时，他的膝盖也像往常，感觉所有的肌肉似乎都从他的关节里抽掉了，他的腿一点灵活性都没有了。他的腿就在身下随意走动，不受他的控制。

高帕走到一棵云杉树下，脸朝下躺着。他的脸碰到了一些野草莓，能闻到泥土的味道。一串浆果吸引了他的目光，鲜红的浆果，带给了他一种强烈的感觉，他似乎感到浆果里的汁液在沸腾。他这一辈子都没见到过这么红的野草莓。他双手急切地把它们摘下来，塞进嘴里。他用舌头碾碎它们，饱满的汁液在他干燥的嘴

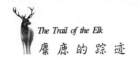

里流淌，带来一种淋漓尽致的愉悦。他像孩子一样四肢着地在云杉树周围爬来爬去，寻找着更多的浆果——可他明明是一个留着飘逸胡须的老头子。

他这样做的时候，看见比约恩过来了，沿着脚印倒着走回来了。狗还没走到主人面前就放弃了，在稍远的地方躺下了。它完完全全地精疲力尽了。

高帕走到它面前，跪下来，跟它说话，抚摸它。在他看来，那只狗的眼睛似乎在说话。那双眼睛似乎在问他，为什么当劳滕站在北坡上一动不动的时候它没有赶过来呢？为什么它在会巫术的麋鹿从三号湖泊上岸的时候没有咬住它呢？比约恩用眼神告诉他，它已经尽力了；而劳滕还在山谷里自由自在地跑来跑去，毫发无损。

高帕静静地坐着，抚摸着比约恩的脑袋。

"我也无能为力了，"他说出声来，"等明天再说吧。"

夜幕降临时，天气转晴了。天空变成了深海般的幽蓝，星星闪烁着，像一盏盏小灯，有些是明亮的白色，有些是暗红色。在三号河流附近的一个小谷仓里，高帕和比约恩睡着了。

月亮像一盏黄色的灯笼一样从山谷最远的地方升起，天地相接的地方，有一头麋鹿站在那里，朝着北边闻了很久。它浑身都湿透了。过了一会儿，它躺了下来，脚下的雪慢慢地融化了。

劳滕就这样躺了一整夜，始终睁着眼睛，用耳朵听着动静，用鼻孔呼气。快到早晨的时候，天气很冷，它湿漉漉的背上都发白了，结了一层霜。

二十三

大约黎明时分，高帕和比约恩从谷仓里的干草垛中爬起来。

前一天高帕把火柴弄丢了，不能生火，所以他只能躲在谷仓里取暖。

他的鞋在门口冻得硬邦邦的，根本不可能穿上。他试了很多次，但都失败了。如果等着太阳把它们解冻的话要等上很长时间——所以他用自己身体的温度把它们捂热，不一会儿，鞋子就软和了，他穿上鞋，和比约恩一起开始追踪会巫术的麋鹿的足迹。

他们找到了它昨晚留宿的地方，那里的雪已经融化了，周围有一些毛发，但通过脚印高帕可以看出，劳滕在几个小时前就离开了。那足迹已经变硬了，上面结了一层硬壳，而且比约恩还告诉他，他们还没有靠近它。

他们从日出一直追到日落。

足迹就在那里，而且可以从中看出些别的什么东西。每一个

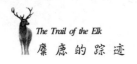

蹄子的印记都可以看出下一步它要往哪里去——一个接一个的山坡上留下了一个接一个的足迹，这是一场无休止的追逐。

那足迹是多么诡异的存在！它们让高帕始终保持热情和兴趣。看着这些足迹，就像是翻开了一页页令人兴奋的猜不到结局的书。

有一次，他们发现了劳滕新鲜的粪便，比约恩闻了闻，就变得更加急切了，但是高帕在确信离得足够近之前是不会放手让比约恩去追的。

那天，他也没有多想，因为他猎杀的不是地球上的普通动物；劳滕不只是一只麋鹿，多年来一直在雷山间游荡，嘲笑着那些试图抓住它的人们所做的一切努力。它是高帕自己在极力躲避的麋鹿。但现在，他重新自我审视、考量。而现在，他掷地有声地发誓——只要他有一口吃的，只要比约恩还能动，他就会坚持不懈地追着那些足迹（高帕之前一直是躲避狩猎劳滕的）。

他向西走了几个小时了。天气好极了。高山平原在庄严肃穆中像一面镜子，反射着阳光。光线照得他眼花缭乱，让他有片刻的日盲。黑色的小湖看上去就像白色桌布上的墨水渍。

劳滕在一片很长的湖泊前没了踪迹，高帕也没有发现它又从湖里上来的足迹。他绕着湖转了几圈，但没有看到任何痕迹。

他这才反应过来。这个连名字都没有的湖，会不会就是劳滕的坟墓呢？那只麋鹿会在这里淹死吗？似乎是不可能的。

他又绕着湖转了一圈，在流入湖的一条小溪里，他看到水底的泥上有一些奇怪的洞。小溪很浅，太阳很清楚地把河底照得透彻。下面那些洞之间的距离大约和麋鹿的步幅一样长。

他沿着小溪走了大约一刻钟，找到了劳滕上岸的地方。高帕从未见过有哪只麋鹿如此狡猾地隐藏自己的踪迹。

中午时分，他径直朝太阳的方向走去，周围是他不知道名字的群山。大地在他面前张开了血盆大口，他看到了一个又大又深的山谷，他想，这里一定就是哈林达尔了。

他还听到有一些声音引起了空气的震动，一种沉闷的、笨重的、带有某种节奏的轰鸣声。他不知道那是什么声音。风改变了方向，教堂里传出低沉的钟声，灌进了他的耳朵。风又转向了，接着，除了那震动的轰鸣声以外他什么都听不到了。

然后他想起今天是星期天——对普通人来说是星期天，但对他却不是。麋鹿的足迹径直朝山谷和传来教堂钟声的方向走去——可能会让人以为劳滕去了教堂，但是在一个斜坡上，足迹突然转向了，高帕闻到了一股寻常人家才会有的刺鼻的烟味，是从有人居住的房屋传来的气味。

他跟在烟雾后面走，一路嗅来嗅去，就像一只嗅着气味的狗。过了一会儿，他便站在了一间低矮的哈林达尔小屋前，屋里有个高高的烟囱。他碰了碰门把手，比约恩偷偷溜到他前面，不一会儿就开始追一只猫，那猫红得像狐狸一样。那猫让比约恩血性大发。它用一只爪子按住它，把它按在地上，然后又在它背上咬了两下，发出嘎吱嘎吱的声音，就像比约恩吃骨头时发出的那种声音。然后，这只猫就这样死在了哈林达尔。

他们给了高帕火柴和食物，他接着向山上走去。他放开了比约恩，很快，比约恩去而复返。劳滕在他们前面，相隔太远了。

黄昏时分，高帕到了一个没有夏日农场的光秃秃的山谷里，

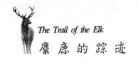

他可以在那里过夜。当他砍下干枯的松树时，他的斧头在寂静中回响。他睡在一块岩石的隐蔽地方，把比约恩紧紧抱在怀里。

离高帕几百码的地方，一个黑乎乎的东西出现在山脊上。是石头吗？不，如果是岩石的话不应该是黑色的，因为此时岩石都被雪覆盖成了白色。

那个黑影一动也不动。

过了一会儿，它动了动。两只眼睛在月光下闪着湿漉漉的光，一只鹿角穿过了身后的满月。是的，是劳滕躺在那里。

它觉得晚上听到了一些奇怪的声音，但风很小，它不能确定。

它在等待天亮。

雪是闪闪发光的，雪的晶体像无数的星星，被点燃，又熄灭。群山是轻轻飘动着的云朵，托起了劳滕疲惫的身躯；山上还有几株孤零零的云杉，白日里太阳已经融化了树上的积雪，此刻它们就像洼地里穿着深色衣服的小矮人。

自从劳滕离开低洼的猫头鹰谷到现在，差不多有两天两夜了。

从冰冷的床上起来后，高帕冷得直发抖，他把咖啡壶挂在火上。等壶里的水开了，他急忙吞下四五杯滚烫的咖啡。他注意到放空杯子的地上有一个奇怪的图案。他觉得这些线条很有趣，它们构成了一幅相当不错的图画。

他把杯子转了一圈又一圈，轻而易举地画出了线条。那些褐色的线条就像是一只躺在他背上的麋鹿。

就在此刻，高帕对比约恩笑了。

"我们会在日落前抓到它的。到时候它就躺在这里。"

过了一会儿，石墙下的火就熄灭了；当它慢慢地熄灭的时候，

116

树脂产生的烟像一团黑雾飘浮在邻近的沼泽地上。

比约恩一闻到空气中传来的气味，就抬起前爪想冲出去，但被高帕用绳子拉着，只好用两条后腿站了起来，此时高帕还没走几步。比约恩没法四脚着地，两腿一蹦一跳地走了几步，高帕一看它这样，心里无比喜悦。他解开缰绳，比约恩朝着黎明时分的淡黄色天空跑去，冲进了山里，天空中有一层淡淡的光泽落在雪地上。

经过了一夜的霜冻，雪已经变得松脆，随着比约恩的爪子落下，发出嘎吱嘎吱的声音。一群松鸡像阵雨一样从柳树丛里飞了出来，一只松鸡"嘎——嘎"叫了几声，不久，东边更远的地方就传来了狗叫。劳滕又被盯上了。

三小时后，高帕汗流浃背。他经过了一个不知名的夏季农场，那里的窗户在阳光下像火一样闪耀。天气很暖和，因为夏天的余热还留在空气中，只是冬天过早地从地上滋生了出来。树在滴水，雪变得又湿又重，在高帕的脚下嘎吱作响。一只小野兔嗅了嗅它直到前一天才第一次看到的雪，棕色的大眼睛惊奇地盯着这个迷人的世界。

追逐还在继续——现在已经是晚上了。

二十四

这是劳滕离开猫头鹰谷以来的第三个夜晚。

它躺在雷谷的一条小溪里，躺在沼泽地上，它曾在这里和那只三岁大的公鹿打过一仗。它的四肢都浸在小溪里，河水不停地舔着它僵硬的四肢，劳滕享受着这清新的凉爽。它偶尔低下头喝水。

比约恩躺在它面前的小溪边上，它整天除了汪汪叫以外什么都没做。天已经很黑了，月亮还没有升起来，那些暴露在阳光下的斜坡上的雪已经融化了，所以没有反射出任何光线，只有白桦树的银色树皮在浓密的云杉林中隐隐地闪烁。

再往南走，山坡上有块巨石，高帕就坐在那边，背靠着树干。他的背包放在身边，步枪放在膝盖上，里面装着那颗用瑞典子弹做的子弹。

高帕觉得非常冷，因为他坐下来的时候浑身都是汗，现在他觉得自己好像裹在冰冷的被单里。他抱着双臂，小心翼翼地避免着发出一点儿声音，然后坐了下来。

黄昏的时候，高帕已经到了布莱克山，听见比约恩在如泽山丘（Bog Hill）上叫喊，但他还没找到它天就黑了，除了"暴风雨"所指向的天空以外，周遭的一切都看不清。

他最后一次听到比约恩的叫声的时候，正好走到现在坐着的这棵云杉树下，他可以从那叫声里听出来麋鹿没有逃跑，因为那声音听起来有些微弱。

比约恩和劳滕大概是在那条溪流的某个地方，以他对比约恩的了解，他知道比约恩今晚是不会离开那只麋鹿的。等到太阳从东边的山脊升起，阳光照亮整个雷谷的时候，高帕就偷偷摸摸地继续前进，朝着劳滕站着的地方走去，他确定劳滕会在那里。山谷里的小溪不停地潺潺作响。

高帕侧耳倾听着——可他听不见远处那令人费解的喃喃细语，那是属于黑夜和未被打破的寂静的低语。小溪的潺潺水声盖住了那些低语。他感到周围的森林都在沉睡，它们站着，闭着眼睛。尽管如此，还是有些东西在没来由地躁动着。他似乎听到了什么东西在那里像人一样呼吸。

他想起了一个又一个故事，都是关于那只站在他附近他却看不到的奇异动物的故事。

他想起了安东·鲁德。去年秋天，他一直在离托勒夫赛特很远的路上采伐带有树脂的松木残桩来提炼焦油。

一天晚上，他比平常工作的时间更长了一些，当他慢慢地走回小屋时，已经是黄昏了。

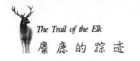

他停下来点燃烟斗，这时他听到下面有人在咳嗽，是一声轻轻地干咳，先是一声，然后是两声。他还听到有人走路的声音，他坐下来等着，因为听起来好像有人在往山上爬。

但是没有人上来，他也没有再听到那咳嗽声。他觉得很奇怪，于是大声询问有没有人……但没人回答他。

到了早晨，他又上那地方去查探了一番。他不懂那咳嗽声是怎么回事——听起来就是人类的咳嗽，清嗓子的那种声音。然而却没有人类的踪迹，不过他倒是发现了像劳滕一样的麋鹿足迹。就在那一天，他停止了砍伐树桩。

高帕记得那个故事，还有许多其他的故事。

与此同时，劳滕和比约恩一直待在山谷里的那个地方。那只狗静静地看着面前的那只庞然大物，它的嘴搁在前爪上，身体看上去像一个又长又窄的土堆或是泥炭堆。不时有什么东西在"土堆"上移动，那是比约恩的耳朵，一会儿竖起来，一会儿又垂下。

一只大鸟，一只猫头鹰，无声地飞过森林，翅膀轻抚着空气。

过了一会儿，高帕坐在树干旁，迷迷糊糊地点了点头，但是他觉得很冷，所以很快就醒了，然后不知从什么地方传来了马铃声。他把头扭来扭去听，那马铃声从四面八方传来。但是，每年的这个时候是不可能有马铃的：没人在这个时候给马戴铃铛。碰巧他掏出了怀表，而马铃声突然响得更大声了，也离得更近了。这时他才反应过来，他听到的原来就是自己的表发出的叮叮当当的铃声。现在已经十点钟了。

过了一会儿，黑暗中有什么东西轻轻踏了一下地面——非常轻。他转过身来，脚步声越来越清晰，是有什么真实存在的东西走过来了，就是比约恩。狗走过来，把它的头靠在它主人的膝上。高帕拥抱着它，对它的耳朵低声耳语。比约恩舔着主人的脸，高帕任它这样做。接着他从口袋掏出吃的给它，给了它很多吃的，而且一直和这只小兽低声耳语、闲聊，跟它说比约恩真是一只聪明的狗，会一直守着劳滕，直到月亮升起，直到天色渐明，然后，"暴风雨"便会高声歌唱。

但是比约恩没有和高帕待多久；它摇了摇尾巴，小跑了几步，从他身边跑开了。然后它似乎想起来有什么事儿忘做了，就跑回去闻了闻高帕的胡子，用它那又冷又湿的鼻子贴了贴高帕脸颊。然后，它消失在了黑暗中；云杉枝间传来一阵沙沙声，接着小溪又成了高帕唯一能听见或看见的活物。

他想起了比约恩的奇怪行为，回忆着它是如何回过神来又回来嗅嗅他的胡子的。他还记得他们离开山猫木屋的前一晚，当他重熔瑞典子弹的时候，比约恩用奇怪的目光盯着他，轻声哀嚎，好像完全了解有什么不幸的事要发生似的……然而这些事情并不值得在意。

比约恩不在的时候，劳滕在原地分毫未动。

然后，那只狗开始在麋鹿面前僵硬地走来走去，叫了一两声，扰了劳滕的清净。它伸了伸前腿，站了起来，一动不动。比约恩变得急切起来，因为它知道高帕就在附近，不过它无法理解它的主人在这种完全黑暗的情况下是没法击中劳滕的。

高帕听到一声枝丫断裂的脆响，接着一声又一声。"劳滕走了。"他想。

不一会儿，他听到鹿角撞击树干的声音，狗的叫声越来越近，

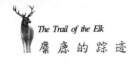

越来越急切，越来越近。"麋鹿就要过来了。"他想。

他头顶上的树枝织成了一张宽宽的网悬在上空，微弱的光线渗透下来。树下的矮灌木丛一片漆黑，目光所及之处，树木都像是模糊不清的黑影，那会巫术的麋鹿就在其中，正向他而来。听！听那松针划过鹿角发出的干燥的嗖嗖声，就像有人拿着扫帚扫过木屋的地面！

高帕一动不动，双手搂着枪，激动得发抖。他一动不动地坐在那里，就像一只深夜躲在窝里的动物一样，他的眼睛在燃烧，仿佛要把周围的黑暗灼出一个洞来。

两只野兽都在离他不远的下方。他看到那里划过一道黑影，但他不能确定是谁。他听出狗在劳滕身边，听到了劳滕沉重的脚步声，但是他看不到它们。

慢慢地，比约恩好像是落后了一些，跟在会巫术的麋鹿的后面。

高帕四肢着地，慢慢地，慢慢地在它们身后爬行。他一点点接近它们，近到只要有足够的光线，他就能确定自己的枪可以一下击中那只麋鹿。此刻他觉得自己仿佛是在一个黑湖的湖底爬行，树顶浮在水面上。

接着，劳滕停了下来，狗的叫声越来越有节奏。高帕俯身向前，在一片空地上，他看到了比约恩，另外还有一个黑乎乎的东西，在地上飞来飞去。但那是麋鹿吗？麋鹿呢？

他不敢再往前走了，就留在原地，"暴风雨"已经上膛。西边的山脊上，星光闪烁。

比约恩一点一点平静下来，直到最后，它待在一个地方不动了，从它的头朝向的方向，高帕猜到了劳滕大概在哪里。他开始在树干与树干之间寻找看起来像是鹿角一样的东西，找了很久，他希望那东西能动一动，这样他就能看见了……突然，有东西动了一下，而且非常明显，于是高帕把枪管举向天空，又朝着鹿角的方向慢慢放了下去，又往前伸了伸，直到觉得这距离可以打中那具躯体——接着，那颗瑞典子弹便从"暴风雨"的口中飞射出来。

枪里噼里啪啦地射出一道火焰，形成了一束宽阔的光柱，照过比约恩站着的空地。在那只狗的前面，在电光石火的刹那间，高帕仿佛在矮树丛上看到了劳滕的头。它的头抬得高高的，目不转睛地瞪着那双大眼睛，半只耳朵直直地竖着……接着，又陷入了一片黑暗。一点儿声音都没有了，没有麋鹿坠落的重击声，没有狗狂热的狂吠声。

从耀眼的光到突然变成漆黑一片，这让高帕有片刻的失明。他侧耳倾听着，等着那熟悉的麋鹿奔跑时发出的树枝断裂的吱吱声响起，但什么都没有听到。

这时他的耳朵捕捉到了前面有什么东西窸窸窣窣骚动的声音。劳滕肯定没有死，不然他肯定能听到它重重砸在地上的声音。

他划了一根火柴。就在这时，在南边山上的某个地方，一只松鸡喋喋不休地叫着——那是一种冷嘲热讽的讥笑，就像疯子的笑声一样。如果松鸡叫个不停，那一定是因为被麋鹿吵醒了，所以劳滕一定已经走远了。那么，刚刚在他跟前移动的是什么？

空气中有一股气流吹灭了火柴。他又划燃了一根，盒子侧边发出哧哧的响声，接着是一声轻轻的爆裂声，然后他的手心里便

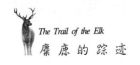

冒出一团小火来，忽明忽暗地燃烧起来。两棵云杉站在光晕里，仿佛刚刚睡醒般，惊奇地瞪大了眼睛，想知道是什么样的小太阳在地上跳舞。

高帕朝着一些黄色的苔藓走去，上面有麋鹿的足迹。而在林间那块空地的中央，比约恩倒在一边。它因为火柴发出的亮光而微微眨了眨眼睛，但高帕没有发现它的眼中透露着一些痛苦。高帕跪在狗的旁边，抚摸着它，跟它说话，但是比约恩没有理他，比约恩的身体两侧诡异而迅速地蠕动着。

高帕点燃了另一根火柴，这才看到了比约恩左肩靠后一点的毛发上满是血迹。他用手摸了摸，湿乎乎的。狗张开嘴，好像要打个哈欠似的——它咧着嘴，越咧越大，最后，却还是没有打完这个哈欠。

"比约恩！"高帕喃喃道——"我的狗啊！"

但比约恩只是咧着嘴。

高帕明白发生了什么。那颗瑞典子弹击中了麋鹿的鹿角之后被弹碎了，其中有一部分铅被弹飞，击中了狗。

"比约恩！能听到我在说话吗，比约恩？"他又一次低声喃喃，几乎是在恳求。

哦不，比约恩现在再也听不到任何声音了。它的头开始奇怪地抽搐，有什么东西在它的喉咙里发出咕噜咕噜的声音。一大滴泪珠从狗的眼睛里滚落下来，落在灰色的鼻子上。狗伸直了身子，它厌倦了无休止的追逐。它想休息。

山猫木屋的比约恩这辈子做的最后一件事，就是伸直它的身体。

在雷谷的伯格山上，一个男人呆呆地坐在那里，膝盖上放着一条死狗。河水的潺潺声听起来平静而稳定，就像夜晚的呼吸。

高帕在想那颗瑞典子弹。它隐藏着奇异的力量；它以前贯穿过一具躯体，它是有经验的。可是为什么，哦，究竟为什么，它带走了他唯一的朋友，带走了他唯一的孩子？在清晨回到低洼山谷去，或许能让人觉得有些许安慰。

高帕等待着黎明。比约恩在他的膝头显得格外沉重。他能感觉到生命的温暖是如何慢慢地离开这具没有灵魂的狗的躯体的，他回忆起这些年来他们两个一起经历过的酸甜苦辣，泪水便从他蓬乱的脸上快速滑落。

天亮了，高帕把比约恩抱在怀里，轻柔地放在一堆岩石块上，就像一位母亲把她熟睡的孩子放在床上。

他移开了几块石头，当他把比约恩放在那里时，他觉得他正在埋葬的是自己生活中的一些快乐。他坐下来，双肩起伏……

高帕上一次哭泣是什么时候来着？他自己也不记得了，是很久，很久，很久以前了吧。

雷谷的上空，天色破晓。

二十五

时间在荒野上飘荡。

这里夏天温暖，冬天寒冷。圣诞节的前三天，太阳停在空中，不再下落，接着又再次升起，很长一段时间之后，它为大地迎来了新的春天。

半年的时间里，湖泊都闭着眼睛，静静躺着，湖面像镜子一样映着太阳。当迁徙的鸟向南飞时，河流开始结冰；当熊在冬日的洞穴里做梦时，树木却立在寒冷之中，枝叶在霜冻中破碎，而当野鹅们成群结队地再次向北飞去时，树木就又展开了所有的枝丫，拥抱着生命。

这就是岁月，野兽们出生，猎食，又死去。劳滕也是在这样的岁月中走向衰老。

它的身体遵循着至高无上的自然法则。在圣烛节①的时候，

---

① 圣烛节：又称"圣母行洁净礼日"或"献主节"等，是在2月2日，即圣母玛利亚产后40天带着耶稣往耶路撒冷去祈祷的纪念日。

126

它总会失去它的鹿角，但每次都会重新长出来，而且冒出更多的芽尖。当树叶落下时，它在黄昏和黎明发出嘶哑的求偶声。在夏夜，它那巨大而黑暗的身体会穿梭过森林，来到吉卜赛湖，那里漂浮着雪白的睡莲。

而在某个白天晴朗夜晚又残酷寒冷的冬夜，它也许会守护在一头温柔的母鹿和一头它亲生的幼崽旁边。然后，金星，星空中的皇后，将在雷山的上空闪耀着巨大而明亮的光芒，为白雪提供一道淡淡的微光。接着天空中便会出现神奇的北极光，发出明亮而奇异的光芒，这时的夜晚，从麋鹿鼻腔里呼出的气就像一缕缕白烟。

劳滕偶尔会躺在布莱克山上，眺望着森林，它这一生中丰富多彩的点点滴滴都会在它心中激起轩然大波。也许很多事它都已经不记得了，那些回忆已经从它的脑海中消失了，我们也不得而知，但每一件不同寻常的事都在它灵魂的阴暗面上留下了印记。那些事令它的直觉敏锐，使它的阅历丰富。在一年中的任意时刻，在日夜变换的光线中，在阳光灿烂的炎热中，在严寒的天气中，都有各种各样的事情发生——有些是关于动物的，有些是关于人类的。

但随着年龄的增长，它变得越来越孤独。它寻找着那些人迹罕至的地方，在那些地方，没有人类用兽皮做的鞋在地上留下斑点，没有斧头的钢牙啃噬树木，在那里，还可以做着旧日的梦。

随着雷谷的树林向外延伸，伐木工人、木屋纷纷从土地里钻了出来，造成了动乱。老树们死去，不复存在，离开了雷谷；空留下一地树桩，被时间和变换的四季吞噬，就像乌鸦吃掉腐肉

那样。

有许多猎犬追赶过劳滕，但直到它们的嘴变成了灰色，眼睛变得浑浊发蓝，甚至有一天被枪管夺去了生命，劳滕仍然在这里，在布莱克山间穿梭。

而高帕呢？

他也变老了，自从比约恩去世以后，他老得很快。因为从那以后，不知怎么的，他就失去了对森林的热爱，他似乎自己在心里就退缩了。

很快他就不再是一只野猫了，他变成了一只被驯服的家猫。在春天湛蓝的夜晚，当热爱歌唱的画眉鸟在树枝上默不作声地飞向夜空时，他的枪火再也不会照亮正在嬉戏的松鸡。一盏昏昏欲睡的石油灯在山猫木屋里散发着暗淡的光，在那里，空气不像飘雪时那样清新纯净，而是充满了皮革和旧鞋的臭味。

他觉得自己体内好像有什么东西死去了。他的心里好像下起了一场冗长的小雨，单调乏味，暗无天日，无波无澜，只有一片寂静和死亡。他的心和沼泽中的水一样温凉。

高帕也不太舒服。他只需要一杯接一杯地喝上三四杯咖啡，就足以令他的心跳变得失控。与平常的跳动不同，而是急切地、快速地跳动，然后又突然变得很慢，比时间走得还慢，几乎停止了——就像跛脚的……哎，是的，他也知道，这颗心经历过太多艰难的时刻。

高帕的小腿已经静脉曲张了，皮肤下长满了小鳞茎；后来得了风湿病。他在店里工作的时候经常犯风湿，那感觉就像有一根又细又热的铁丝被缝在他的身体里。最严重的是他的膝盖，像被什么东西啃咬着似的，就好像有尖利的牙齿如饥似渴地不断啃咬着。哎，是的，你知道的，他的双腿和双膝在他这一生中饱经艰辛。

有人曾叫他去看看医生，被他开着玩笑应付过去了。

唉，现在的山猫木屋没有以前那么舒服了。他补鞋的时候，比约恩再也不会跑过来把脑袋放在他的膝盖上了；他出门回来的时候，再也看不到比约恩摇着尾巴欢迎他了；每天晚上，他的身边再也没有比约恩趴在床上跟他分享一张羊皮毯了。他发现每天夜里他醒来的时候总是下意识地听听有没有狗的呼吸声，因为以前比约恩睡觉的时候呼吸声很重，跟人似的。高帕记得很清楚。

七十岁时，他转变了信仰。从那以后，这个可怜的老家伙常常坐在校舍最前面的一张课桌上，虔诚地听着"大牧师"汉斯·厄普梅多（Hans Uppermeadow）传道。他会穿着简单的蓝色条纹的赛璐珞领①（celluloid collar）上衣，不系领带，坐在那里。那是他仅有的一件能在礼拜天穿的最好的衣服，没有人知道这件衣服上次是什么时候洗的。

不知怎的，虽然他恢复了对宗教的信仰，但是却没有被完全洗礼，因为当传教士站在上面，用地狱和硫黄恐吓他的听众的时候，他总是忍不住想到别的事情。比如，他可能会想到，这个人的小胡子就是从那个络腮胡的脸上掉下来的几根毛，在一定程度上，可以说高帕的思想和这个校舍里的氛围大相径庭。

他也不做任何宣誓，那些虔诚的教徒和他在一起的时候，常常听到他谈论这里的时光是如何静静地飞逝；有时甚至听到他轻

---

① 赛璐珞领：1980—1900 年流行的衣领样式。

轻叹息。

可怜的老高帕！他说的一点儿错都没有。他不是个伪君子。他的良知不是那么容易就能被唤醒的；他并没有经常被"救赎"，每当他的心跳异于平常地跳动，他都会像一只野兔一样担惊受怕。

有一天，他正在鲁斯特农场帮忙做些伐木的活儿。晚上他去喂马，在马厩里待了很长时间，哈尔斯坦觉得奇怪，就走了进去。

有匹年轻的母马一脚把高帕踢晕了，他躺在地上失去了知觉，头上有个洞，哈尔斯坦都能看到里面跳动的脑浆了。

但高帕奇迹般地康复了，这真是件怪事儿！他在鲁斯特农场卧床休息了很长时间，但很快就要求回到他的小木屋去，事实上，他一能自己走回去，就真的回去了，而且六个月之后，他就恢复到以前的样子了。

复活节前后的某一天，住在南边约两英里的郡长看见了高帕，他没戴帽子，手里拿着一把长刀，从院子里走过来。他有点奇怪，紧接着女仆立马就冲进了郡长办公室，请求他到厨房去，说高帕一定是失去了理智。

郡长去了，高帕就在厨房里。他头顶上的头发干枯稀疏，看起来跟秃了没什么区别。他穿着一件宽松的蓝色上衣，右手拿着那把新打磨过的、闪亮的、锋利的刀。然而，高帕其实是个脾气特别好的人。

"早上好，郡长。我是来剥它的皮的，你把它关在哪儿了？"

郡长一时间没听清楚他在说什么，他注意到高帕的嘴角比以前抽搐得更厉害了。"他得了西登哈姆氏舞蹈病①。"他想。

"你是说剥'它的'皮吗?"

"是的,当然。你不记得了吗?昨天我在你的树林里射杀了那只会巫术的麋鹿,完完整整地把它用车拉了回来。"

他用刀直指着郡长,郡长甚至都觉得那冰冷的刀刃划过他的身体,让他感到一阵刺痛。

"这把刀,"高帕继续说道,"以前尝到过一次劳滕的滋味,现在它仍然锋利得可以剥下那麋鹿的皮。你把它放在哪了?嗯?"

郡长明白了,高帕的心智已经有问题了,于是他假装一切都如高帕所说的那样。

"哦,是的,"他答道,"我尽快给你把它找回来,你要不先喝一杯,怎么样?"

当然,高帕当然想喝上一杯。他喝了一杯,接着又喝了一杯。后来他干脆忘了他的差事,安安静静地回了山猫木屋的家。

两天以后,他又去了莱胡斯的农场,还是老样子。他坚信就在前一天,他开枪打死了劳滕并用车拉了回来,完完整整地带回了农场,这样每个人都可以看看这是不是会巫术的麋鹿。而现在,他就要来剥它的皮了。

从那时起,高帕就疯了。人们猜测这是挨了马蹄子一踢的结果,这种说法的可能性似乎还是挺大的。

每隔一段时间,他就会去农场吵着要剥他在森林里射杀的一只麋鹿的皮,如果他们同意了,只要劝他说应该在开始这项工作

---

① 西登哈姆氏舞蹈病:其特征是快速、不协调的抽搐动作,主要影响面部、手和脚。

前喝上一杯，只要给他点吃的，通常他就会把他的目的抛之脑后，忘了所有关于剥皮的事儿。

地方当局试图让他寄宿在某个农场里，但高帕总能轻而易举地步行回到山猫木屋的家；他会坐在那里，忙着摆弄他的锥子和蜡线，看起来相当体面地忙活着。

但是，顽皮的小子们找到个乐子，他们走到他面前，给他看了一把赤裸裸的刀，因为他一看到这刀，就会开始讲述布莱克山山坡上那只麋鹿幼崽的故事，每次都用着同样的语气，每次几乎都是同样的语言。他除了说他从幼鹿身上割下半只耳朵之外，再也没有说过什么其他的细节，也没有说过麋鹿长大后变成了劳滕的事。如果他们问他些问题，就会看到他无比努力地回忆，但最后永远都不能确定什么。他总是一遍又一遍地讲同一个故事，讲他是如何把那幼崽夹在膝盖之间的。当他讲完时，他们会听到他咕哝着什么，什么都听不清，除了一个词："野兽，野兽。"

后来，他想象自己杀死了一头被他称之为金熊的动物。然后，他走下山谷，来到了富有的森林主那里，来到了他们的大农场，那里有红色的仓库，白色的房子，房子上的旗杆顶上有玻璃球，在阳光下像银子一样亮闪闪的。高帕从未停下过脚步，直到他在那些厉害人物面前侃侃而谈了一通，说为他可以买下他们的森林、他们的农场和他们拥有的一切。他可以用现金支付他们，而且不必考虑价格，因为他可是杀死了那只金熊的人。

由此，高帕，一个麋鹿猎人，如此度过晚年。

二十六

　　一年春天，山猫木屋上了锁，一开始只是几天，然后是几周，后来是永远。山猫木屋就一直锁上了。

　　山谷里所有能进森林或者能爬山的人们在那个春天出动，寻找高帕。郡长戴上了他的制服帽，按照惯例安排人们外出寻人。一条长长的人流蜿蜒曲折地穿过低洼山谷的山坡，从河的东边到河的西边，但是没有找到高帕。

　　他仅有的一些财产被拍卖了，那些补鞋匠的工具像被一阵风吹走了似的散落在山谷里。马丁·莱胡斯买下了那把"暴风雨"。

　　我在几年前有幸拜访了山猫木屋。里面空空如也，只有光秃秃的墙。

　　砖砌的烟囱上开了一个洞，以前炉子的烟道就从这里连进去，而窗台上散落着死苍蝇。我在炉子边发现了一只风干了的松鼠，我猜这只小动物从烟囱爬了下来，却爬不上去了，最后只好张着嘴等死，没有食物的话它怎么活得下去。

但我还发现了点儿别的东西。

在一个角落里放着一个粗糙的皮制的狗项圈，上面缀了一个闪亮的搭扣，内侧的皮革被磨得很光滑；项圈上用补鞋匠的白色的线缝着一个名字："比约恩"。

那个给我打开山猫木屋的门的人，满头白发，好像落满了刚下的雪一般。他穿着一件缝着银色纽扣的背心，他的名字叫哈尔斯坦·鲁斯特。高帕失踪后的那个秋天，正是他去了低洼山谷负责救援的官员那里，告诉他们他在雷谷的吉卜赛湖上发现了什么。给我讲高帕、比约恩和会巫术的麋鹿劳滕的故事的人，也正是这位哈尔斯坦·鲁斯特。

今天，一个十字架矗立在阳光和阴影的交替处，矗立在低洼山谷教堂的柏油墙外。十字架下面，躺着哈尔斯坦·鲁斯特的尸体。我清楚地记得那天晚上，这个满头白发的男人坐在我面前，用弯曲的、颤抖着的手指指向南边雷谷的方向，告诉我高帕的生命是如何结束的。

二十七

　　那年春天，山上下了大雪。先是三月的温和天气，后来霜冻一直持续到五月，然后天气突然大变，空气从早晨一直到晚上都在阳光的灼烧下颤抖。

　　没过几天，几条支流就疯狂地咆哮起来，下游的河水也变成了像麦芽酒一样的黄绿色。成百上千的原木被水流掀起来，横扫而过，把它们卷进激流中翻滚，一直向南漂了两里地，这些木头才平静地漂进大湖里。

　　桦树的蓓蕾在一夜之间全部绽放。早晨，树上密密麻麻地爬满了绿蝴蝶似的东西。空气中弥漫着浓烈的香味。

　　夜深了，远处的山丘一片蔚蓝。北方的天空如火烧般闷热，一种甜蜜而忧伤的柔和曲调从火热的天空中升起，抚慰着人们的感官，那旋律就像轻柔的、缓慢滚动着的波浪。低洼山谷的人们都入睡了。

一只姗姗来迟的鹬在山猫的棚屋上空鸣叫。

高帕走了出来，锁上门，把钥匙放在口袋里。他背着一个背包，拿出了一对滑雪板。他站在那儿，好像在确认他有没有忘带什么东西；但他脑子里一片混乱，没有精力把他的思绪按照明确的顺序排列起来。接着高帕扛着滑雪板，背着一个麻袋向河边走去，而他的来复枪则安安静静地挂在山猫小木屋的墙上。

五月的夜晚，一个男人在一片漆黑之中，沿着山坡，踩着结了硬壳的雪，向雷谷走去。滑雪板在雪地上发出干涩刺耳的声音，这个男人的呼吸急促而沉重，常常伤心地停下来休息。他很容易感到口渴，每隔一段时间，他就躺在小溪边，喝着融雪的水。

午夜过后，雪上的硬皮变得像石头一样坚硬。那男人沿着雷河附近平坦沼泽往南走，对于这样的一个老人来说，他走得算是非常快了。高帕从来都不是一个徒劳无功的人，他以前就常常走在最前面，给别人看他走路和跑步时的背影。

大约两点钟的时候，吉卜赛湖木屋的门发出吱呀声。曾经，高帕和比约恩汗流浃背地追逐那头麋鹿许多天之后，回到家就并排躺在屋里那坚硬的木椅上——许多年后的今日，高帕孤身一人躺在上面。

奇怪的是，那天晚上高帕的头脑清醒了。他觉得自己好像刚从睡梦中醒来，躺在那里，没有生火，只是回忆着过去。

他过上了他自己想要的生活，虽然没什么财产，但是生活中充满了意想不到的乐趣。在所有他能回想起来的那些年里，他一直记得有一阵寒风从光秃秃的树木和风蚀的山上吹来。他的回忆像鲜艳的花朵般，散发着石楠花和苔藓的芬芳。他回想起来的最

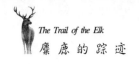
棒的事儿就是对劳滕的那一次持续了三天的追逐，那是比约恩最后一次追捕——即使那时的谣言也是真的，跟着劳滕就会被厄运缠身。

高帕听到一只鹬嗖嗖地从吉卜赛湖边飞过。而后又是寂静一片。

过了一会儿，小屋外的树上，一只猫头鹰开始叫了起来，对高帕来说，猫头鹰的叫声似乎是从墙壁、天花板和地板上传出来的……猫头鹰是一种不祥的鸟，它预示着死亡，所以高帕听到这种声音时感到毛骨悚然。他打开门，向半明半暗的树丛窥视。而那只鸟沉默了，他看不见它。可是，他刚一躺下，那只鸟的声音就又响起来了，凄厉哀鸣，就像是一首断断续续的挽歌。曲调从不上升，也从不下降，始终保持不变。

为了把那猫头鹰吓跑，他出去了好几次，虽然那只鸟就在屋顶上，但他完全看不见它；他几乎快要相信那是一只坐在高处的幽灵，在试图告诉他一些事情。

白日的光透过吉卜赛木屋敞开的门在地上投下一块灰色长方形的光斑。黑暗悄悄潜入角落，躲了起来。突然，老人出乎意料地猛地一摇头，双手撑在凳子上，上半身坐了起来。他的眼睛不再像最近那样死气沉沉的，变得敏锐起来。

透过敞开的门，他听到咔嚓、咔嚓的响声，是雪上结着的脆壳被沉重的脚步踏碎的声音。

高帕清楚，雪面上结的那层硬壳完全可以承载一个人的重量，甚至是一个很重的人。他站起身来，站在门口，微微蹲了下来，双手抓着头顶上的门楣。

咔嚓，咔嚓，咔嚓！那声音就是从小屋前面的那片空地上的一个长满小树的小土堆里传来的。接着，声音停止了，仿佛被切断了，随后，原本的寂静被湖边沼泽地石楠丛里的松鸡发出的像水烧开了一般的隆隆声填满了。猫头鹰沉默了。

他怎么了？他害怕了吗？看起来似乎是这样。他的目光变得锐利起来，死死地盯着。他的嘴张着，露出了他的牙床，所有的牙齿都还在，只是因为咀嚼烟草而变成了褐色。

一只麋鹿的头从土堆上的灌木丛中抬了起来，把高帕吓了一跳。

"劳滕！"他低声道，他兴奋的脸上毫无惧色，就像一只年老的、半盲的猎鹿犬突然发现了意想不到的大猎物时发出了一声狂喜的叫喊，就像一团即将熄灭的火焰在燃烧。

麋鹿的头突然转了过来，一个长长的背影飘过灌木丛，雪皮又一次在劳滕的奔跑下被踩碎。

高帕转身回屋，"暴风雨"呢，他想不起来了。而这把来复枪此刻正在山猫木屋里，由于多年不用已经生锈了。

他在木屋的地面上跑来跑去，寻找着武器，寻找着任何可以用来取那麋鹿性命的东西——他嘴里还一直喃喃着："没错，就是那只会巫术的麋鹿，没错了，就是那只会巫术的麋鹿！"

然后，他的手碰巧碰到了他挂在右手边的匕首；这一碰让他想起了什么，他停了下来。他拔出刀，迅速地冲出门去。不久，便能看到一个老人屈着身子在坚硬的雪地上奔跑，他脑袋光秃秃的，穿着宽松的上衣，腿上还裹着一条长长的、朴素的裤子。

在他面前的是麋鹿的足迹，深深的洞直直穿透厚实的雪皮，

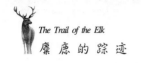

底部能看出劳滕宽阔的蹄子印，洞中散落的雪粒像珍珠一般。

高帕看到碎雪屑如何在麋鹿的蹄下飞舞，他又变成了曾经的那个高帕，身体和灵魂被带回到过去的那个年代。他不再是一个患着风湿病的老瘸子，手里拿着刀，顶着光秃秃的头向太阳升起的地方跑去。此刻他是一个肌肉发达、热血沸腾的男人，一个毛发蓬乱的野人，他以狩猎为生，穿戴动物的毛皮。

雪上的硬壳非常坚硬，他跑在上面就像在地板上奔跑一样，只发出轻轻的刮擦声，就像山猫用爪子抓树皮时的声音似的。他听到会巫术的麋鹿就在前面，那野兽陷在雪里，雪没到它肚子处，高帕一边心中唱着歌："是劳滕啊，这就是劳滕！"一边嘴上还说着："我抓到它了，我抓到了！"

在雷谷的青翠树林之上，群山像白色的瀑布般泛起泡沫。东边的天上，玫瑰色的晨光照耀着，在它面前的天空中洒下一缕淡黄色的薄雾，而在遥远的西边，天空还是深蓝色的。

布莱克山的山头是白色的，森林从它的前胸向下延伸，就像一团乱蓬蓬的胡子。就在这样一个五月的早晨，布莱克山第一次看到了那只即将变成劳滕的小麋鹿。

现在，布莱克山看到了一些不同的东西。在吉卜赛湖东部的沼泽地上，一头麋鹿在结了一层硬壳的雪中笨拙地扑腾着。它想跳，但跳不起来；它每走一步就往下一沉，看上去腿短得出奇。

而此刻，那头麋鹿的背上坐着一个人……

现在，"山猫"高帕和劳滕都是动物，一个出生在森林里，另一个是在森林里恢复到动物状态的人类。他跨坐在那头麋鹿的背上，两腿之间感觉着它那瘦削的脊背。他的鼻腔里充满了野性的气息，他像狩猎的野兽一样，吸一口就感觉沉醉其中。他的双手抓住鬃毛，一只手里还拿着刀。他向前朝劳滕的脖子探着身子，好像要咬麋鹿的喉咙似的。他鼻子下边的胡子像猫的胡须一样竖立着。

沼泽又干涸了，麋鹿的足迹像一道道深深的伤痕，四周的树木似乎对它们刚才所看到的一幕感到惊奇。

而在南边的矮树林里，可以听到麋鹿的蹄声，劳滕正在拼命地往前走，它吓得半疯。它每一步都走得无比艰辛，骑在它背上的男人和困扰着它的雪都让它感到更加恐惧。它想甩掉那个人。它收紧了身体上的每一寸肌肉，紧到每一个细胞都在它体内呻吟起来，可对那雪的脆壳来说却一点儿用都没有，只要它的蹄子一着地，身体的重量跟了上来，那雪壳就像易碎的冰一样裂开。不管它多么想要前进，想要更快，更快——它都做不到，只是在徒劳挣扎。

灌木丛在它周围起起伏伏，高帕的脸被那些枝丫打得剧痛，他闭上了眼睛，因为他害怕被戳到眼睛令他失明。闭上眼睛前，他看到了那只只有一半的耳朵，那上面被刀割过的地方长出了毛。他还发现鹿角在冬天脱落后又长出来了，上面还覆盖着毛皮。

劳滕的呼吸很吃力，像铁匠铺里的风箱，发出长长的嘶嘶声。

接着，高帕从麋鹿的鬃毛上松开一只手，先是慢慢地抬起那只手，然后像火焰蹿起一样迅速举起，新磨过的刀刃在黑暗的森林中画出了一道闪着银光的线。刀停在高帕的头顶上，然后像闪电一样挥舞了下去。它插进了麋鹿的背部，深得只留刀柄在外边。

劳滕稍稍张开了嘴，也睁开了眼睛，但它甚至都没有发出一

声呻吟，只是从矮树丛里跳了几下，来到了一个更开阔的地方，那里的太阳更强烈，所以没什么雪。两根青灰色的树桩像狼牙一样从地面钻出来。

"嘎！"一只雌松鸡叫道，它清醒了过来并发出警告——"嘎，嘎！"一只雀跃的雄松鸡完成了它的游戏，它的脖子从布满褐色斑点的松枝上伸出来，当它站起来的时候，翅膀在空中响亮地拍动着。

劳滕跟跟跄跄地向前走去，高帕仍骑在它背上。高帕嘴里嚼着一块烟草。他用牙紧紧咬着那块烟草，一股棕色的汁液从嘴角流到胡子上。他从麇鹿背上拔起刀子，又一次在空中挥舞着。但这一次它没有画出闪亮的线条，因为上面满是鲜血。接着它又一次插进劳滕的身体，而高帕吐出了几个字：

"就当它是比约恩吧。"

在布莱克山上，在它出生的那个早晨，劳滕在看到第一缕阳光的同时，就已经和这把刀相遇过了。这把刀现在已经磨损，刀刃变窄了，但命中注定它应该留在劳滕的身体里，就在它死前，就在吉卜赛湖的东边。也许劳滕知道，多年前的那个早晨，暗红色的阳光用它们温暖的双手抚摸着小幼崽，欢迎它开始它的生活，欢迎它来到森林。

而现在，劳滕自力更生活了下来。树木、青草、空气和水都把它们自己全部奉献给了它，现在它们来索取回报了。劳滕已经老了；在它忧郁的头上，夕阳已经消逝。它进入了一个长夜，东方的黎明再也不能把它唤醒。

它有过很多孩子，但很多都在它之前进入了无边的黑暗之地。

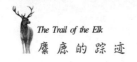

现在轮到它随着它们去了。雷谷里的森林对它已经毫无用处了。它四肢僵硬，脚步短促。交配的时候，它不再是咆哮的风暴。它的肌肉不再从无穷的力量深处唱出狂野的歌曲；它的生命在退潮，再也不会有潮水涌上它的心头。

二十八

那天早晨，一只貂蹲在吉卜赛湖附近的一棵云杉树上。那只貂可能知道都发生了些什么事。

那天早晨，一只翅膀宽阔的雄鹰在雷谷上空一圈圈盘旋。那只雄鹰可能也知道发生了些什么事。

劳滕跑到一个南边的山坡上，那里的大部分雪已经消失了。它几乎什么也没看见，高帕的刀正飞快地刺向它，但恐惧使它的神经麻痹，几乎感觉不到疼痛。

在麋鹿和那人所经之处，身后的小灌木丛频频点头，但是老树对所发生的事情漠不关心。每件事都有它自己的发展脉络。老树看见熊用爪子抓着麋鹿的头骨，看见蝰蛇吞活老鼠。生命需要生命。就是如此，夜晚给青草留下了晶莹的露珠，多如天空中闪烁的繁星。

当劳滕纵身跳下斜坡时，风从高帕的蓝色条纹衬衫下吹了进

来，在他的后背里鼓鼓地滚动。他极度兴奋地骑着劳滕，远离一切人和事。那个已经年老的家伙，发出了一声长长的呐喊，那呐喊被雷河春天的怒吼声淹没，被雷河吞噬了。

那只会巫术的麋鹿像是瞎了似的，胡乱地冲下一个三四个人那么高的悬崖，两腿伸直，背部挺直地冲了下去。高帕用尽全力用膝盖夹紧麋鹿的腹部两侧，但还是坐不住。他顺着麋鹿的脖子向前滑去，碰到鹿角，挂在了上面。麋鹿的蹄子撕裂了一块块的苔藓，弹开了一块块小石子；一只松鸦栖息在岩石上的一棵树上，开始发出呜呜的鸣笛声，似乎在为它看到的情景而哭泣。在高高在上的小云朵下，在绯红的阳光下，老鹰自由自在地在空中翱翔。然后它发出了长长的、急切的鸣叫。

劳滕在一片岩石前触到了坚硬的泥土，它吓了一跳，几乎向前摔去，但还是努力保持住了平衡。高帕没有松开鹿角，但他的腿从麋鹿身上滑了下来，翻了一个筋斗，脚底朝天，好像想踢中高高的树顶似的。接着，他渐渐抓不住鹿角了，从鹿上摔下来，越过麋鹿的头，躺在雪地上，手里还拿着刀。

会巫术的麋鹿在他面前，抬起了一只前腿。高帕看着它，双眼充满绝望。一阵寒意席卷全身，接着它抬起了膝盖——灰色的鹿腿仍高高抬在空中，在空中停留了一小会儿，然后迅速落下，击中了高帕的肩胛骨。此刻对高帕来说，白昼突然消失，就像蜡烛突然熄灭一样。他以令人难以置信的速度冲进一片空洞的世界，然后开始坠落，下沉。

高帕脸朝下趴着，他的左臂在身下弯曲着，但拿着刀的右臂直直伸向另一边。然后他的手指慢慢地从卷曲的枫木刀柄上松开了，伸直了。刀子就这样被松松垮垮地放在雪地上。

劳滕抬起腿准备再次攻击，但抬到一半就抬不动了，它的腿对它来说太重了，它抬不起来了。看起来就好像是劳滕改变了主意，它相信这个男人已经撑不下去了。它就站在那里，它的眼睛，像黄昏一样柔和，悲伤地盯着高帕。接着，它又困又累，累得出奇。它的大脑袋点了点，越点越低，它抬起头，又一点点低下去，越来越僵硬。劳滕，就是那只会巫术的麋鹿，倒下了。

清晨的阳光洒落在树梢，慢慢地顺着树干往下爬；慢慢地延伸到了土地上，偷偷摸摸地向前爬去，就像在好奇地嗅着那人和麋鹿似的。

这一天和以往的每一天一样，没有什么特别之处。

是五月的一天，山谷下面盛开着早春的花朵，白云在蓝色的天空中飘过，春天来了。

在雷谷的山坡上，黄昏变成一片暮色。

在一小段时间里，万籁俱寂。

松鸡不动声色。一只貂躲在附近的一棵云杉树上，它的眼睛像针叶间的雨滴一样闪闪发光。待到黎明时分，所有的山峰都燃起了红铜色的火焰。

接着，在吉卜赛湖斜坡上的岩石墙下，积雪哗啦啦地滚落下来，劳滕就倒在高帕的身边。它一动也不动，但在它内心深处，有东西在沸腾着，发出了像藏在沼泽泥潭下的细流那样的水声。

突然，那庞然大物蜷缩起来，又突然地伸直。

高帕和劳滕并肩睡着，劳滕的头碰到了高帕的胸，看起来就

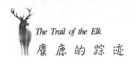

好像这只动物想和他依偎在一起休息一样。

在他们旁边的雪地里，绽放着红色的花朵。

那年，雷谷的夏天一定来得很早。